U0939318

国学一本通

徐 潜◎主编

人间词话

王国维◎著 滕咸慧◎译评

吉林文史出版社

图书在版编目（CIP）数据

人间词话/王国维著；滕咸慧译评．—长春：吉林文史出版社，2009.4（2022.1重印）
（国学一本通/徐潜主编）
ISBN 978-7-80702-921-2
Ⅰ．人… Ⅱ．①王…②滕… Ⅲ．①词话（文学）—中国—近代②人间词话—注释③人间词话—译文
Ⅳ．I207.23

中国版本图书馆CIP数据核字（2009）第038148号

 国学一本通 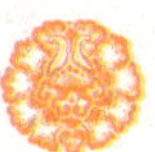

人间词话

出版人/徐 潜

出版发行/吉林文史出版社（长春市人民大街4646号）www.jlws.com.cn

主编/徐 潜

著/王国维

译评/滕咸慧

项目负责/王尔立

责任编辑/王尔立 崔博华

责任校对/李洁华

装帧设计/李岩冰 刘纯青 张 洋

印刷/北京一鑫印务有限责任公司

版次/2011年12月第1版 2022年1月第4次印刷

开本/720mm×1000mm 1/16

字数/280千字

印张/12.5

书号/ISBN 978-7-80702-921-2

定价/50.00元

前言

王国维是中国近代重要的史学家、美学和文艺理论家。他的《人间词话》是一部重要的美学和文艺理论著作。

王国维(1877—1927)，字静安，又字伯隅，号观堂，浙江海宁人。他出生于中小地主兼商人家庭。1892年王国维考中秀才。1898年到上海，任《时务报》书记(文书)、校对，并在罗振玉主办的东文学社学习。1900年秋，在罗振玉资助下前往日本留学，但在东京仅四五个月就因病归国。此后在通州(南通)师范学校和苏州师范学校任教。1907年，由罗振玉推荐，王国维到北京任学部(教育部)总务司行走，兼图书局编译、名词馆协修。1911年武昌起义后，王国维跟随罗振玉流亡日本，寓居京都。1916年春，王国维回到上海，应英籍犹太富商哈同之聘，编辑《学术丛编》，后又兼任哈同创办的苍圣明智大学经学教授。1921年，应邀任北京大学国学门通讯导师。1923年，由于蒙古贵族升允推荐，逊帝溥仪征召王国维为南书房行走。他于同年5月底到北京就职，成了溥仪的文学侍从之臣。1925年王国维应聘任清华学校国学研究院导师。1927年6月2日(旧历5月3日)，自沉于颐和园昆明湖，终年五十岁。其著作结集为《海宁王静安先生遗书》(近年重版时易名《王国维遗书》)。

王国维幼年所接受的教育是传统的封建文化教育。青年时代，在当时进步思想潮流影响下，王国维赞成维新变法，向西方国家寻求真理，努力学习西方哲学社会科学和自然科学。他以新学家的面目出现于思想界，信仰和介绍叔本华和康德的哲学思想和美学思想，尖锐地批评中国封建社会中占统治地位的传统文学观念。他把西方美学和文艺思想与中国古代美学和文艺思想融合起来，把西方哲学社会科学的逻辑思辨方法与乾嘉学派的考据方法结合起来，进行美学和文艺理论以及中国古代戏曲艺术史研究。《人间词话》是他主要的美学和文艺理论著作(写于1908年)。他的《宋元戏曲考》是我国第一部古代戏曲艺术史专著(写于1912年)。戊戌变法失败后，王国维看不到前途和出路，政治上渐趋保守，辛亥革命后更以前清遗老自居。他转而进行甲骨金石、经学史学研究。由于他继承了清代乾嘉学派的优良学风并和近代科学方法结合起来，实事求是，精湛绵密，因而取得了辉煌成就。王国维成为蜚声中外的著名学者。可是，长期思想上的苦闷，生活上的困顿，以及长子去世、挚友绝交的刺激，再加上对北伐战争胜利的恐惧，终于导致昆明湖上的悲剧。他的才华和卓识并没有得到充分的施展，令人惋惜。

在中国文学史上，宋代是词的黄金时代，然而词学理论却大盛于清代。清代词论，分宗立派，名家辈出。在清代大量的词话中，《人间词话》以其见解之新颖、理论之独到，一直受到学术界的重视。概括地说，《人间词话》主要有以下四个特点。

首先，以境界说为中心构成了一个比较完整的理论体系。境界说包括境界的基本涵义、创造过程、形态种类和艺术表现诸方面。王国维说："能写真景物、真感情者谓之有境界，否则谓之无境界。"真景物与真感情应该融为一体，做到"以景寓情"，"意与境浑"，"意境两忘，物我一体"。既写真景物又抒真感情，把逼真传神的写景和诚挚真切的抒情有机地统一起来，这就是境界的基本涵义。王国维说："原夫文学之所以有意境者，以其能观也。"境界产生于诗人审美静观的过程中。"一切境界无不为诗人设。世无诗人，即无此种境界"。诗人的审美感情移情于审美对象，诗人的心境融人、浸透于物境之中，于是境界产生出来了。它似电光石火，稍纵即逝。只有具有敏锐艺术感觉的诗人才能捕捉住它，并且运用"不朽之文字"把它刻画出来，从而激起读者心灵的共鸣，"遂觉诗人之言，字字为我所欲言，而又非我之所能自言"。(《清真先生遗事》)按照境界构成材料的不同，王国维把境界区分为"造境"和"写境"两种不同的形态。"造境"即虚构之境。"写境"即写实之境。然而，"大诗人所造之境，必合乎自然"。"其材料必求之于自然，而其构造亦必从自然之法则"。仍然深深地植根于自然人生的土壤之中。大诗人"所写之境，亦必邻于理想"，因为"自然中之物，互相关系，互相限制。然其写之于文学及美术中也，必遗其关系限制之处"。也就是说，写实之境也不能照搬照抄自然人生，仍然要用诗人的审美理想来补充和改造自然人生。所以，境界既描写现实又表现理想，是理想和现实的统一。造境和写境取材虽有所侧重，但不能只取一端。这种观点从总体上说是相当精辟的。但是，王国维却把理想理解为先验的理念。按照境界构成方式的不同，王国维把境界区分为"有我之境"和"无我之境"两种不同的形态。"有我之境"，诗人作为感情激越的审美主体征服客体，从对象中反射自己，所以"物皆著我之色彩"。"无我之境"，诗人作为宁静澹泊的审美主体被客体所吸引，以致达到忘我的地步，主体似乎消失于客体之中，所以"不知何者为我，何者为物"。"无我"是从物我两忘、浑然一体的意义上说的。"有我之境"，强烈激越之情占主导地位，但情已外化为景。“无我之境”，赏心悦目之景占主导地位，但景后隐藏着情。两者都是情与景的统一，然而统一的方式不同。关于境界的艺术表现，王国维提出了“不隔”的要求。“语语都在目前便是不隔”。“大家之作其言情也必沁人心脾，其写景也必豁人耳目，其辞脱口而出无矫揉妆束之态”。诗人抒发的真情感人肺腑，使人心潮激荡不能自已，诗人描绘的景物清晰地浮现于眼前，使人恍如身临其境，文辞仿佛是顺口而道、信手挥洒，并非刻意求工、雕章琢句。“不隔”就是要做到言情真切、写景鲜明和文辞自然的统一。境界说表现出王国维对于艺术的本质特征相当深刻的理解和把握，也是对中国美学和文艺理论的继承和发展。

境界说是《人间词话》的核心。与境界说密切相关，王国维还提出了诗人修养论和文学发展观。他认为伟大的诗人必然有高尚的人格，人格卑下者不可能创作出伟大的文学作品。文学作品既要有“内美”，又要有“修能”。“内美”即诗人的精神品质美在作品中的体现。“修能”指艺术修养文学技巧之类。王国维强调“内美”的重要性，认为文学创作“尤重内美”。关于诗人与自然人生的关系，王国维认为，诗人既要“入乎其内”又要“出乎其外”。“入乎其内，故能写之。出乎其外，故能观之。入乎其内，故有生气。出乎其外，故有高致。”这就是说，诗人既要体察生活的局部，又要纵观生活的整体，既要生气蓬勃，又要思致高远。而要做到这一点，就必须坚韧不拔，百折不挠，进行长期的、刻苦的修养和探求。他说：“古今之成大事业、大学问者，必经过三种之境界：‘昨夜西风凋碧树。独上高楼，望尽天涯路。’此第一境也。‘衣带渐宽终不悔，为伊消得人憔悴。’此第二境也。‘众里寻他千百度。回头蓦见，那人正在，灯火阑珊处。’此第三境也。”这段话蕴含着深邃的哲理。

王国维的文学发展观侧重研究文学体裁的发展和演变。他认为每一种文学体裁都有一个发生、发展、成熟、衰亡的过程。就一种文学体裁而言，后代作家的成就往往低于成熟期的前代作家，但整个文学创作是不断发展，不断提高的。新体裁的产生开拓了一片文学新天地。因此，从总体上看，不能说今不如古。一种文学体裁在社会上长期流传，往往陈陈相因，形成僵化的程式规范，不能表达真情实感，不能新颖独创，因而必然走向衰亡。要使文学创作保持旺盛的生命活力，就不但要善于继承(“因”)，更要敢于独创(“创”)。在《宋元戏曲考》中，王国维进一步发展了他的文学发展观。他提出了“凡一代有一代之文学”，也就是说，每个时期都有一种代表了当时最高成就的文学体裁，光照千秋，后世不可企及。楚辞、汉赋、六朝骈文、唐诗、宋词和元曲就是这种“一代之文学”。他高度评价元杂剧，认为元杂剧具有历史文献、认识社会、审美观赏等多方面的价值。

第二，既继承了中国古代美学和文艺理论的优良传统，又吸收了西方美学和文艺理论的某些观点，熔中西思想于一炉。源远流长的中国古代美学和文艺理论是王国维理论思维灵感的源泉。《人间词话》的理论体系植根于中国古代美学和文艺理论的深厚土壤之中。境界或意境是中国古代美学和文艺理论的一个重要范畴。情景交融是中国古代美学和文艺理论家对于境界或意境的最基本的理解和规定。这正是《人间词话》境界说整个理论的出发点。王国维进而广泛吸取了严羽以“兴趣”、王士祯以“神韵”把握诗歌审美特征的合理的理论内核，以及主张表现真情实感，反对虚情假意，追求形神兼备，反对只求形似，推重自然本色，反对人工雕琢，注重人品修养，反对格调低下，提倡发展独创，反对因袭模仿等等有价值的传统美学和文学理想。王国维是从诗词(抒情艺术)理论的角度对于中国古代美学和文艺理论的总结，尽管还是不充分的，不完备的。但他的理论视野是开阔的。《人间词话》的理论实际上已经大大超越了一般的诗词理论。

境界说的思想材料还来自西方美学和文艺理论。王国维系统学习过西方哲学和美学史，精心研究过叔本华和康德的美学思想。因此，他也吸取了西方美学和文艺理论的某些观点。他直接引用了尼采《苏鲁支语录》(也译作《查拉图斯特拉如是说》)和叔本华《作为意志和表象的世界》(也译作《世界是意志和表象》)中的话。这在晚清词话中是绝无仅有的。当然，王国维《人间词话》中所采取的西方美学和文艺思想观点不限于此。比较明显的是，关于“造境”和“写境”的理论受到席勒《论素朴的诗和感伤的诗》的启发；关于“有我之境”和“无我之境”的理论受到叔本华《作为意志和表象的世界》的抒情诗理论的启发。当然，王国维并不是简单地照搬照抄，而是经过消化吸收，并努力使之与中国美学和文艺思想融合为一。尽管《人间词话》仍然采用了“词话”这种传统的中国文论著述文体，但却潜在着一个粗具规模的理论体系。这显然受到西方哲学社会科学逻辑思辨方法的影响，因而在理论思维方式上，已经具有新的理论思维方式的成分。中西美学和文艺理论的交汇与融合是中国近代美学和文艺理论的特点。然而，在当时真正能把二者结合起来并且构成了一个比较完整的理论体系的，首推王国维。尽管这种结合还是低层次的，甚至还有明显的理论裂痕。王国维的美学和文艺思想具有承前启后、继往开来的作用和意义。朱光潜、宗白华等美学家就是沿着王国维开辟的道路前进，并且攀上了新的高峰。

第三，不被传统的词学理论所束缚，敢于创新，自成一家。清代词学理论凡三变：清初浙西词派崛起并居于统治地位，中期常州词派取而代之，晚清词论家虽未彻底突破常州藩篱却又有所发展。王国维对于浙西词派推尊南宋（尤其是姜夔）深表不满，对于常州词派词论的合理成分加以吸收，而对其解词微言大义、牵强附会则给以尖锐的批评，并且一反推尊南宋姜夔、吴文英等人的晚清词坛风尚。他标举境界，探本溯源，力图揭示艺术创作的精义妙缔。他博采东西，高屋建瓴，畅述己见，自成体系，确实高出于仍然在传统词学的范围内辛勤探求的晚清词论家一头地。

第四，能够运用朴素的辩证方法进行论证，增加了理论深度。《人间词话》主要是围绕抒情与写景，理想与现实，有我与无我，诗品与人品，“入”（“入乎其内”）与“出”（“出乎其外”），“因”（继承）与“创”（创新）的对立统一建构其整个理论体系。王国维从对立双方的互相联系、互相制约、互相影响、互相渗透来进行分析和论证，因而能深入把握本质。这是一种朴素的辩证思维方法，但有时采用了康德式的二律背反的形式。

本书共分三部分：（一）人间词话；（二）人间词话删稿；（三）人间词话附录。“人间词话”是经王国维手定发表于《国粹学报》的《人间词话》六十四条。原文据王幼安校订本（《蕙风词话　人间词话》，人民文学出版社1962年出版）。每条原文后均附有译文和评点。译文将原文译为现代语体文。评点对原文进行适当注解，阐释主要理论观点并加以引申发挥。“人间词话删稿”是王国维《人间词话》手稿中除去发表于《国粹学报》者的全部剩余部分，共六十二条。原文据滕咸惠校注本（《人间词话新注(修订本)》，齐鲁书社1986年出版）。其中除考证性的11条外，每条均附译文。因为各条所涉及的理论观点在“人间词话”的评点中大体上已经进行了阐释，所以没有再加评点。“人间词话附录”是与《人间词话》有关的王国维的零散论述，可供理解和研究《人间词话》参考。这一部分自滕咸惠校注本转录，但增加了所辑录重要著述的篇名。

本书的编排和译文以及评点一定有不当和错误之处，敬请专家和读者批评指正。

目录

人间词话

【一】

词以境界为最上。有境界则自成高格，自有名句。五代北宋之词所以独绝者在此。

译文

词把境界作为最高要求。有境界自然形成高格，自然会有名句。五代北宋词之所以绝妙无比正在于此。

评点

境界，也就是意境，简称为境。它是中国美学和文艺理论的重要范畴。中国古代诗歌以抒情诗为主体，非常重视意境或境界的创造。词也属于抒情诗。王国维把创造意境作为词的最高要求，既符合中国古代诗歌创作的实际，也是对中国美学和文艺理论意境说的继承和发展。回顾词史，他认为五代北宋词是善于创造意境的典范。

中国美学和文艺理论把情景交融作为意境或境界的基本要求。梅尧臣说："状难写之景如在目前，含不尽之意见于言外。"(欧阳修《六一诗话》引)范晞文说："景无情不发，情无景不生。"(《对床夜语》)谢榛说："景乃诗之媒，情乃诗之胚，合而为诗。"(《四溟诗话》)朱承爵明确提出"意境融彻"。(《存余堂诗话》)而情景交融的意境，又必然能引发欣赏者产生"象外之象，景外之景"和"韵外之致"，"味外之旨"的联想和想象。(司空图《与极浦书》《与李生论诗书》)王国维继承了中国美学和文艺理论传统，并运用现代理论语言加以阐释。他说：“文学中有二原质焉：曰景，曰情。前者以描写自然及人生之事实为主，后者则吾人对此种事情之精神的态度也。故前者客观的，后者主观的也。……苟无锐敏之知识与深邃之感情者，不足与于文学之事。”（《文学小言》）“文学之事，其内足以摅己而外足以感人者，意与境二者而已。上焉者意与境浑，其次或以境胜，或以意胜。苟缺其一，不足以言文学。”（《人间词乙稿序》）“意与境浑”和“情景交融”的意思是相同的。

宗白华说：“在一个艺术表现里情和景交融互渗，因而发掘出最深的情，一层比一层更深的情，同时也透入了最深的景，一层比一层更晶莹的景；景中全是情，情具象而为景，因而涌现了一个独特的宇宙，崭新的意象，为人类增加了丰富的想象，替世界开辟了新境，……这是我的所谓‘意境’。”（《美学散步·中国艺术意境之诞生》）这是对于情景交融创造意境的动态的深入的阐释。

朱光潜说：“诗的境界是情景的契合。宇宙中事事物物常在变动生展中，无绝对相同的情趣，亦无绝对相同的景象。情景相生，所以诗的境界是由创造来的，生生不息的。”“每首诗都自成一种境界。无论是作者或读者：在心领神会一首好诗时，都必有一幅画境或是一幕戏景，很新鲜生动地突现于眼前，使他神魂为之勾摄，若惊若喜，霎时无暇旁顾，仿佛这小天地有独立自主之乐，此外偌大乾坤宇宙，以及个人生活中一切憎爱悲喜，都像在霎时间烟消云散去了。”“诗的境界在刹那中见终古，在微尘中显大千，在有限中寓无限”。“从前诗话家常常拈出一两个字来称呼诗的这种独立自主的小天地。严沧浪所说的‘兴趣’，王渔洋所说的‘神韵’，袁简斋所说的‘性灵’，都只能得其片面。王静安标举‘境界’二字，似较赅括。”（《诗论》）这是运用文艺心理学方法对意境创造和欣赏的深刻阐释。王国维《人间词话》（第九条）在引用了《沧浪诗话》“盛唐诸公，唯在兴趣”一段话后说：“然沧浪所谓兴趣，阮亭所谓神韵，犹不过道其面目，不若鄙人拈出‘境界’二字，为探其本也。”朱光潜对此也表示赞同（请参见第九条评点）。境界或意境论在中国美学和文艺思想中占有重要地位，具有鲜明的民族特色。

【二】

有造境，有写境，此理想与写实二派之所由分。然二者颇难分别。因大诗人所造之境，必合乎自然，所写之境，亦必邻于理想故也。

译文

有造境，有写境，这就是理想和写实两派分别之所在。然而这两种境界很难加以区别。这是因为大诗人所虚构的境界，一定合乎自然，所描写的境界，也一定邻近理想的缘故。

评点

造境就是虚构之境，写境就是写实之境。理想派诗人创造虚构之境，写实派诗人描绘写实之境。所谓理想派诗人，就是浪漫主义诗人；所谓写实派诗人，就是现实主义诗人。

浪漫主义和现实主义都是西方文学艺术史上的重要创作思潮或创作方法。浪漫主义(Romanticism)，在欧洲，是对18世纪古典主义的朴素、客观和平静的一种自觉反抗。表现于诗歌、绘画和音乐各种艺术形式之中。注意个性，富于激情，特别是注重主观性和自我表现，是浪漫主义的基本特点。现实主义(Realism)，在文艺方面指绘画、小说、戏剧和电影等艺术形式对当代生活和问题的准确而详尽的描绘。19世纪中叶，现实主义在法国被作为一种美学原则而提出。巴尔扎克和福楼拜等作家是文学上的现实主义的倡导者。他们主张科学地，不带先入为主的偏见地对当代生活进行观察，并主张在描述所观察到的东西时尽量做到直截了当，不偏不倚。

美学和文学理论家对现实主义和浪漫主义创作思潮或创作方法进行了理论概括和总结。席勒认为，诗歌分为“素朴诗”(古典诗，也就是现实主义的诗)和“感伤诗”(近代诗，也就是带有浪漫主义色彩的诗)两种类型。“诗人或则就是自然，或则追寻自然，二者必居其一。前者使他成为素朴的诗人，后者使他成为感伤的诗人”。前者“就是尽可能完满的对现实的摹仿”，后者“把现实提升到理想，或者说，表现理想。”进一步，席勒认为二者是可以统一起来的。他说：“但是还有一种更高的概念可以统摄这两种方式。如果说这个更高的概念与人道观念叠合为一，那是不足为奇的。”(《论素朴的诗与感伤的诗》)可见，席勒把直接反映现实作为“素朴诗”(现实主义)的基本特征，把表现理想作为“感伤诗”(浪漫主义)的基本特征，并认为二者可以融合和统一。高尔基认为，浪漫主义和现实主义是两种最基本的文学潮流或创作方法。他说：“在文学上，主要的‘潮流’或者流派共有两个：这就是浪漫主义和现实主义。”并认为“在伟大的艺术家们身上，现实主义和浪漫主义好像永远是结合在一起的。”(《论文学·谈谈我怎样学习写作》)

王国维关于“造境”和“写境”的论述，深受西方美学与文学理论的影响。他把诗人区分为“理想”和“写实”两派，并认为二者“颇难分别”，明显地汲取了席勒的美学思想。王国维把境界区分为“造境”和“写境”两种类型，使传统的意境理论更为丰富并且具有了现代形态。通过这种区分，王国维阐述了他对诗歌(文学)与自然人生关系的理解。在他看来，任何境界都既反映现实(“合乎自然”)，又表现理想(“邻于理想”)，是现实与理想的统一。只是因为有所侧重，才有了“造境”和“写境”的不同。这是从诗歌与自然人生的关系，也就是从境界的构成材料的角度，对境界进行研究和分类。

【三】

有有我之境，有无我之境。“泪眼问花花不语，乱红飞过秋千去。”“可堪孤馆闭春寒，杜鹃声里斜阳暮。”有我之境也。“采菊东篱下，悠然见南山。”“寒波澹澹起，白鸟悠悠下。”无我之境也。有我之境，以我观物，故物皆著我之色彩。无我之境，以物观物，故不知何者为我，何者为物。古人为词，写有我之境者为多，然未始不能写无我之境，此在豪杰之士能自树立耳。

译文

有有我之境，有无我之境。“泪眼问花花不语，乱红飞过秋千去。”“可堪孤馆闭春寒，杜鹃声里斜阳暮。”这就是有我之境。“采菊东篱下，悠然见南山。”“寒波澹澹起，白鸟悠悠下。”这就是无我之境。有我之境，以我观物，所以外物都染上了我的感情色彩。无我之境，以物观物，所以分不清什么是我，什么是物。古人作词，写有我之境的是多数，然而未尝不能写无我之境，这全在于杰出的词人敢于独树一帜。

评点

有我之境是表现了强烈激动感情的境界。所举例句，"泪眼问花"两句出自欧阳修《蝶恋花》(庭院深深深几许)，"可堪孤馆"两句出自秦观《踏莎行》(雾失楼台)。无我之境也就是忘我之境，是表现宁静澹泊感情的境界。所举例句，"采菊东篱下"两句出自陶潜《饮酒二十首(之五)》，"寒波澹澹起"两句出自元好问《颖亭留别》。"以我观物""以物观物"出自邵雍《皇极经世》："圣人之所以能一万物之情者，谓其能反观也。所以谓之反观者，不以我观物也。不以我观物者，以物观物之谓也。既能以物观物，又安有(我)于其间哉。""以物观物，性也；以我观物，情也。性公而明，情偏而暗"。邵雍所谓"以我观物"是指带着个人的主观情感观照外物，因而产生偏颇和片面。所谓"以物观物"，是排除主观情感，以性观物，以理观物，从而达到物我两忘、天人合一之境。王国维对这种看法加以汲取和改造，用来说明"有我之境""无我之境"这两种境界中，诗人观照外物的不同情感状态。

王国维关于"有我之境""无我之境"的论述，也吸收了叔本华美学思想关于抒情诗的某些看法。叔本华说："表出人的理念，这是诗人的职责。不过他有两种方式来尽他的职责。一种方式是被描写的人同时也是进行描写的人。……赋诗者只是生动地观察、描写他自己的情况。""在歌咏诗和抒情状态中，……主观的心境，意志的感受，把自己的色彩反映在直观看到的环境上"。"再一种方式是待描写的完全不同于进行描写的人，……进行描写的人是或多或少地隐藏在被写出的东西之后的，最后则完全看不见了。"(《作为意志和表象的世界》，石冲白译)这些看法也融汇到王国维的论述之中。

总之，"以我观物"是诗人带着强烈激动的感情观照外物，所描写的景物都浸染着诗人浓重的感情色彩。这就是"有我之境"。"以物观物"是诗人带着宁静澹泊的感情观照外物，被景物所吸引，主体似乎消融于对象之中，达到物我两忘、物我合一之境。这就是"无我之境"。可见，不论是"有我之境"还是"无我之境"，都是心与物的契合、情与景的融汇。但是，二者也有不同特点：前者统一于情，情外化为景(这是浸染了强烈激越之情的景)；后者统一于景，景隐藏着情(这是蕴含于赏心悦目之景的情)。"有我之境"和"无我之境"是从诗人观照外物的不同情感状态区分境界的不同构成方式，从而对境界进行分类。

【四】

无我之境，人惟于静中得之。有我之境，于由动之静时得之。故一优美，一宏壮也。

译文

无我之境，诗人只有在感情平静的时候才能得到。有我之境，在从激动转向平静的时候得到。所以，一种境界优美，一种境界宏壮。

评点

王国维介绍和接受了西方美学，尤其是康德和叔本华美学关于美，以及优美和宏壮(崇高)的基本思想。王国维说："美之为物，不关于吾人之利害者也。吾人观美时，亦不知有一己之利害。德意志之大哲人汗德(康德)，以美之快乐为不关利害之快乐(Disinterested pleasure)。"(《孔子之美育主义》)这就是说，美不涉及利害计较，因而不涉及欲望和概念。关于优美和宏壮，王国维说："美学上之区别美也，大率分为二种：曰优美，曰宏壮。……前者由一对象之形式不关于吾人之利害，遂使吾人忘利害之念而以精神之全力沉浸于此对象之形式中。自然及艺术中普通之美皆此类也。后者则由一对象之形式越乎吾人知力所能驭之范围，或其形式大不利于吾人，而又觉其非人力所能抗，于是吾人保存自己之本能遂超越乎利害之观念外而达观其对象之形式。如自然中之高山大川、烈风雷雨，艺术中伟大之宫室、悲惨之雕刻像、历史画、戏曲、小说等皆是也。"(《古雅之

在美学上之位置》)可见，优美在审美经验上产生较为纯粹的愉悦，崇高在审美经验上在于使主体受到震撼，带有庄严感或恐惧感，主体从痛苦或压抑中挣脱出来，才产生坚信主体威力的审美愉悦。

王国维把这种美学观点应用于对“有我之境”“无我之境”的分析。他认为，“无我之境，人惟于静中得之”，诗人始终保持宁静澹泊的心态进行审美静观，所以属于“优美”。“有我之境，于由动之静时得之”，诗人开始时带着强烈激动的感情(这种感情往往是痛苦的、压抑的)，进而从痛苦和压抑中解脱出来，转而进行审美静观，所以属于“壮美”。王国维关于“无我之境”属于“优美”的阐释，与西方美学关于“优美”的界定大体一致。但他关于“有我之境”属于“壮美”的阐释，则与西方美学关于“宏壮”的界定相去甚远。仅仅用“由动之静”说明“宏壮”的产生，舍弃了庄严感、恐惧感以及对主体威力的坚信，大大弱化了西方美学所推崇的“宏壮”。王国维所举“泪眼问花花不语，乱红飞过秋千去”，“可堪孤馆闭春寒，杜鹃声里斜阳暮”。在西方美学家看来，根本算不上“宏壮”(崇高)。也许，他们还会感到相当“优美”。上条王国维对“有我之境”“无我之境”的分析，符合中国古代诗词的创作实际，但这一条说二者一属“宏壮”一属“优美”，则有“削”中国古代诗词之“足”，“适”西方美学之“履”的嫌疑。

在上一条中，王国维认为多数诗人只能创造“有我之境”，只有杰出的诗人才能创造“无我之境”。这一条又说，“有我之境”属于“宏壮”，“无我之境”属于“优美”。显然，他推崇“优美”。这与西方美学存在着巨大的差异，因为西方美学家更推崇“宏壮”(崇高)。他们认为崇高不但存在于自然，更存在于人世，尤其是人的精神和道德领域。康德说：“有两种事物，我们越思索它就越感到敬畏，那是天上的星空和心中的道德律。”这明显表现出中西美学思想价值取向的不同。

在中国美学中，可以与“宏壮”和“优美”(崇高)相对应或平行的两个范畴是“阳刚美”和“阴柔美”，尽管其内涵存在着巨大的差异。“阳刚美”和“阴柔美”用形象化的语言加以描述，则是“铁马、秋风、塞北”和“杏花、春雨、江南”。从总体上看，中国美学和文学艺术创作更偏重于阴柔美。王国维推崇“无我之境”正表现出这种审美心理特点。

【五】

自然中之物，互相关系，互相限制。然其写之于文学及美术中也，必遗其关系、限制之处。故虽写实家，亦理想家也。又虽如何虚构之境，其材料必求之于自然，而其构造亦必从自然之法则。故虽理想家，亦写实家也。

译文

自然人生中的事物，既互相联系，又互相制约。然而，把它们描写于文学作品和艺术作品之中，必然要遗弃它们原有的联系和制约状态。所以，虽然是写实家，也是理想家。另一方面，不管什么样的虚构的境界，它的材料必然来自于自然人生，而它的组织结构也必须遵循自然人生的法则。所以，虽然是理想家，也是写实家。

评点

这一条承接第二条，继续申说为什么境界的创造必然既“合乎自然”又“邻于理想”。王国维认为，写实之境对自然人生的描写，并不是照搬照抄，因而仍然包含着诗人的审美理想；虚构之境也并非杜撰臆造，仍然深深植根于自然人生之中，因而从总体上仍然合乎自然人生。可见，一切境界都是描写现实和表现理想的统一。

王国维是近代把浪漫主义（“理想家”）和现实主义（“写实家”）这两个重要的西方文学理论概念输入中国学术界的早期理论家之

一。但是，我们也应该看到，他的理论阐释仍然有着叔本华美学思想的痕迹。王国维所说的“理想”，指先验的审美理想。《人间词话》手稿中，在“自然中之物，互相关系，互相限制”之后，原有“故不能有完全之美”八个字。连同这八个字通读这一条，我们感到和叔本华的看法十分相近。叔本华反对艺术摹仿自然的观点，他说：“如果艺术家不是在经验之前就预期着美，要他从哪里去识别在自然中已成功了的，为我们要去摹仿的事物呢？……大自然又曾经创造过所有一切部位都十全十美的人吗？”“纯粹从后验和只是从经验出发，根本不能认识美，美的认识总是，至少部分是先验的。”“这种理念从先验方面来补充大自然后验地提供出来的东西，从而对于艺术具有实践的意义时，理念也就是理想的典型。”（《作为意志和表象的世界》）这是强调了理念，也就是先验的审美理想对于艺术创造的重要性。另一方面，叔本华并不完全否认后验或经验对艺术创作的重要性。他甚至说：“只有真正的杰作，那是从自然，从生活中直接汲取来的，才能和自然本身一样永垂不朽，而常保有其原始的感动力。（《作为意志和表象的世界》）

王国维汲取了叔本华的上述见解，运用于“造境”和“写境”，“理想家”和“写实家”关系的分析中，但他更强调境界创造必须植根于自然人生的重要性（“其材料必求之于自然，而其构造亦必从自然之法则”），似乎已

经走向了叔本华美学思想的反面。但是，另一方面，他似乎仍然接受了叔本华关于用先验的审美理想来补充生活中不完全的美的思想。这就造成了“必遗其关系、限制之处”这种说法的含糊性。因为，这话既可理解为不对自然人生进行机械的模仿和照搬(如上文所述)，也可理解作摆脱、遗弃现实人生的复杂关系，以先验的审美理想补充自然人生中不完全的美。总之，王国维关于境界是写实和虚构的统一，理想和现实的统一的理论，从总体上看是正确的，而且是相当深刻的，但在阐释中却包括某些含混不清之处。

《人间词话》的境界说首先提出“造境”和“写境”的理论，实际上是研究诗歌(文学)与自然人生的关系。其基本结论是：诗歌必须既“合乎自然”又“邻于理想”，是描写现实与表现理想的统一。从这方面看，这一理论观点已经超越了诗歌理论而具有一般文学原理的品格。

【六】

境非独谓景物也。喜怒哀乐，亦人心中之一境界。故能写真景物、真感情者，谓之有境界。否则谓之无境界。

译文

境界并不仅仅指景物描写。喜怒哀乐，也是人们心中的一种境界。所以，能写真景物、真感情的诗歌，才叫做有境界，否则就叫做没有境界。

评点

王国维认为，能够描写真景物、抒写真感情的诗歌才能创造出境界。所谓写“真景物”，是说写景妙造自然、体物得神，而非刻板描摹、只求形似。所谓写“真感情”是说感情发自肺腑、诚挚深切，而非虚情假意、无病呻吟。当然，“真景物”和“真感情”不应分成两截，优秀的诗词应该“寓情于景”，“意与境浑”，“意境两忘，物我一体”。可见，既写真景物又抒真感情，把逼真传神的写景和诚挚深切的抒情统一融合起来。这就是境界的基本涵义或基本要求。这是对中国美学和文艺理论意境论的继承和发展。王国维强调“真”，崇“真”黜“伪”是王国维美学和文艺思想的鲜明特色。在“真景物”和“真感情”的统一中，核心是“真感情”，因为“感情真者，其观物亦真”。（《文学小言》）

【七】

“红杏枝头春意闹”，著一“闹”字而境界全出。“云破月来花弄影”，著一“弄”字，而境界全出矣。

译文

“红杏枝头春意闹”，用上一个“闹”字，境界就形象生动地描绘出来了。“云破月来花弄影”，用上一个“弄”字，境界就形象生动地描绘出来了。

评点

这一条举例说明选用新颖独特的字眼能够创造出鲜明生动、韵味悠长的境界。所举两例句分别出于宋代词人宋祁和张先的词，是两位词人的得意之作、神来之笔。当时，甚至以“红杏枝头春意闹尚书”和“云破月来花弄影郎中”作为他们的雅号。这两首词的全文是：

玉楼春

春　景

宋　祁

东城渐觉春光好。縠皱波纹迎客棹。绿杨烟外晓寒轻，红杏枝头春意闹。　浮生长恨欢娱少。肯爱千金轻一笑。为君持酒劝斜阳，且向花间留晚照。

天仙子

时为嘉禾小倅，以病眠不赴府会

张　先

水调数声持酒听，午醉醒来愁未醒。送春春去几时回？临晚镜，伤流景，往事后期空记省。　沙上并禽池上暝，云破月来花弄影。重重帘幕密遮灯。风不定，人初静。明日落红应满径。

“红杏枝头春意闹”之所以“著一‘闹’字而境界全出”，是因为这个“闹”字既逼真地刻画出红杏怒放的蓬勃生机，又满含着诗人喜迎春色的欢愉之情。“云破月来花弄影”之所以“著一‘弄’字而境界全出”，是因为这个“弄”字既细致地描绘出淡云拂月、花枝摇曳的美好夜色，也隐隐透露出诗人对于春色将阑的惋惜之情。诗人把“红杏”和“花”都拟人化了。它们好像有灵性、有情感，从而唤起读者丰富而美好的联想和想象。

中国古代诗论家认为诗中应有警策

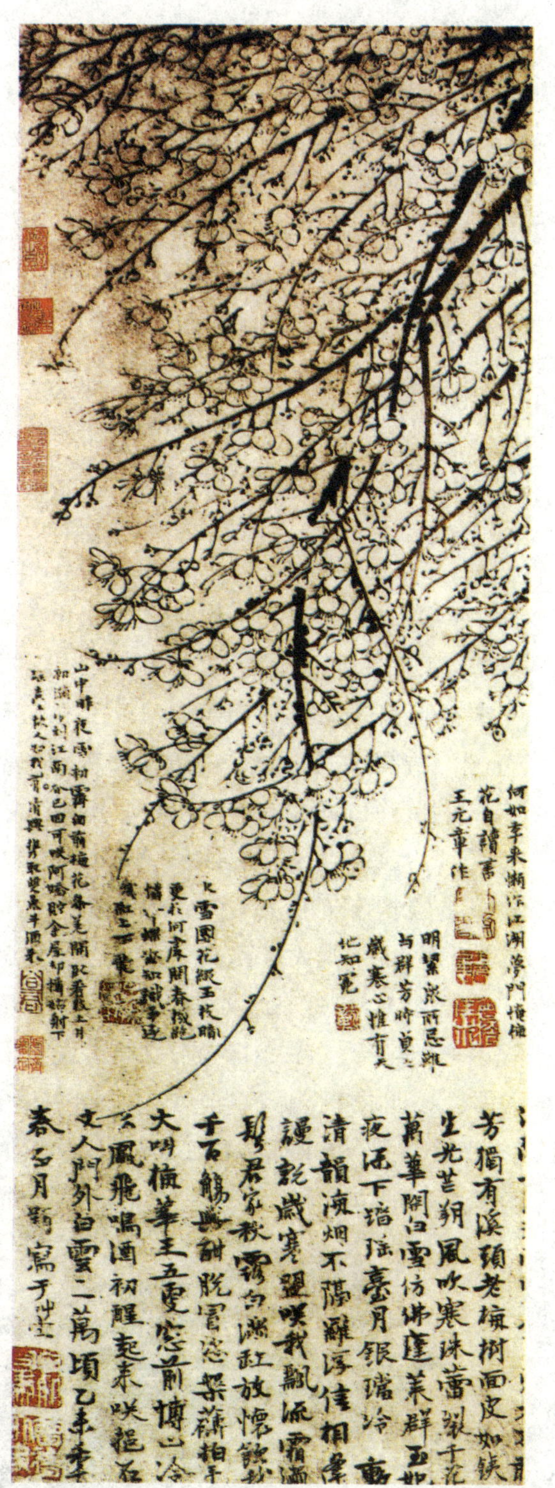

(警句)和诗眼。“立片言而居要，乃一篇之警策。”(陆机《文赋》)“诗句以一字为工，自然灵异不凡。如灵丹一粒，点铁成金也。”(《诗人玉屑》)“唐人五言，工在一字，谓之句眼。”“诗要炼字，字者眼也。”(仇兆鳌《杜少陵集详注》引赵语、杨仲弘语)李白诗“吴姬压酒唤客尝”，“压”字表现出新酒初熟、江南风物之美。杜甫诗“轻燕受风斜”，“受”字描绘体态轻盈的春燕迎风低飞、乍前乍后的姿态栩栩如生。两句均为警句，两字均为诗眼。王安石《泊船瓜洲》：

京口瓜洲一水间，钟山只隔数重山。
春风又绿江南岸，明月何时照我还？

“春风又绿江南岸”中“绿”字，原作“到”，改为“过”，又改为“入”，再改为“满”，凡十几个字，最后才定为“绿”。这就是炼字以得诗眼。“春风又绿江南岸”成为千古传诵的名句。古代诗论家关于警句和诗眼的见解，王国维也吸收融汇在境界说之中。

钱钟书在分析“红杏枝头春意闹”时说：“‘闹’字把事物无声的姿态说成好像有声音的波动，仿佛在视觉里获得了听觉的感受。”“用心理学或语言学的术语来说，这是‘通感’(synaesthesia)或‘感觉挪移’的例子。”“在日常经验里，视觉、听觉、触觉、味觉往往可以彼此打通或交通，眼、耳、鼻、舌、身各个官能的领域可以不分界限。颜色似乎有温度，声音似乎有形象，冷暖似乎有重量，气味似乎有体质”。“诗人对事物往往突破了一般经验的感受，有深细的体会，因此推敲出新奇的词句”。(《钱钟书论学文选·通感》)这种运用现代心理学和语言学的通感理论所做出的诠释，别开生面，深刻揭示了某些警句和诗眼为什么给人以新颖独特之感的原因。

【八】

境界有大小，不以是而分优劣。“细雨鱼儿出，微风燕子斜。”何遽不若“落日照大旗，马鸣风萧萧。”“宝帘闲挂小银钩”。何遽不若“雾失楼台，月迷津渡”也。

译文

境界有的壮阔有的小巧，然而不以此区分高低优劣。“细雨鱼儿出，微风燕子斜。”为什么就不如“落日照大旗，马鸣风萧萧”？“宝帘闲挂小银钩”。为什么就不如“雾失楼台，月迷津渡”呢？

评点

这里所举例句，“细雨鱼儿出”两句出于杜甫《水槛遣心二首(之一)》，“落日照大旗”两句出于杜甫《后出塞五首(之二)》，“宝帘闲挂小银钩”出于秦观《浣溪沙》(漠漠轻寒上小楼)，“雾失楼台”两句出于秦观《踏莎行》(雾失楼台)。

王国维虽然认为不能以境界的壮阔、小巧而分优劣，但他似乎更欣赏壮阔的境界。他赞赏李白词《忆秦娥》的“西风残照，汉家陵阙”(参见第十条)，赞赏“明月照积雪”、“大江流日夜”等诗句“此等境界可谓千古壮观”，赞赏纳兰性德词《长相思》的“夜深千帐灯”、《如梦令》的“万帐穹庐人醉，星影摇摇欲坠”与上述诗句境界相近(参见第五十一条)。一个理论家的理论主张和他的欣赏趣味，有时并不一定完全一致。

【九】

严沧浪《诗话》谓："盛唐诸公，惟在兴趣。羚羊挂角，无迹可求。故其妙处，透澈玲珑，不可凑泊。如空中之音、相中之色、水中之影、镜中之象，言有尽而意无穷。"余谓：北宋以前之词，亦复如是。然沧浪所谓兴趣，阮亭所谓神韵，犹不过道其面目，不若鄙人拈出"境界"二字，为探其本也。

译文

严羽《沧浪诗话》说："盛唐诗人，只追求兴趣。羚羊挂角，无迹可求。所以他们作品的妙处，透彻玲珑，不可拼凑而成。就像空中的声音、相中的色彩、水中的月影、镜中的映象，言有尽而意无穷。"我认为，北宋以前的词也是如此。然而，严羽所说的兴趣，王士禛所说的神韵，还不过说明了现象，不如我提出"境界"两字，才探求到根本。

评点

严羽，字仪卿，号沧浪逋客，南宋诗论家。他在《沧浪诗话》中提出了以“妙悟”、“别材”、“别趣”（“兴趣”）为中心的诗歌理论。他认为诗人应该具备特殊的才能，诗歌应该具有特殊的情趣韵味。以汉魏盛唐诗人为师，才能领悟诗歌创作的三昧，创作出情趣盎然的诗歌。他所说的“兴趣”，指诗歌的情趣韵味。他认为盛唐诗是有兴趣的诗歌的典范。“羚羊挂角，无迹可求”，是说羚羊夜间把角悬挂于树枝间，与树枝浑然一体，无痕迹可寻求。这里用来比喻盛唐诗浑然天成，没有人工雕琢的痕迹。“透澈玲珑，不可凑泊”，是用珠玉的晶莹光洁、玲珑剔透形容盛唐诗的空灵活脱，含蓄隽永。“相中之色”的“相”，指一切事物外现的形象状态。这是佛学的语言。“空中之音、相中之色、水中之影、镜中之象”比喻诗歌意味深长，“言有尽而意无穷。”王士禛号阮亭，别号渔洋山人，清初诗人和诗论家。他提出“神韵”说，倡导诗歌含蓄蕴藉，空灵悠远，推崇冲淡、清远、超诣的艺术风格。这是对司空图和严羽诗歌理论的继承和发展。严羽的“兴趣”说和王士禛的“神韵”说，都包含着对诗歌审美特征的比较深刻的理解。

王国维认为，“兴趣”说和“神韵”说只是对诗歌审美特征的描述，仍然停留在现象的层面(这种评价显然偏低)，而他所提出的境界说才探求到诗歌审美特征和诗歌创作的根本。他说：“言气质，言格律，言神韵，不如言境界。有境界，本也。气质、格律、神韵，末也。有境界而三者随之矣。”(《人间词话删稿》第十六条)其实，境界说已经吸收融汇了“兴趣”说和“神韵”说。

【十】

太白纯以气象胜。“西风残照，汉家陵阙。”寥寥八字，遂关千古登临之口。后世惟范文正之《渔家傲》，夏英公之《喜迁莺》，差足继武，然气象已不逮矣。

译文

李白纯粹以气象取胜。“西风残照，汉家陵阙。”只是寥寥八个字，就使万古千秋登高望远的诗人无法再开口吟咏。后代只有范仲淹的《渔家傲》和夏竦的《喜迁莺》，尚能继其词风，然而气象已经不那么雄浑了。

评点

李白(701—762)，字太白。唐代诗人。他是最早的文人词作者。范仲淹(989—1052)，字希文，谥文正。北宋词人。夏竦(984—1050)，字子乔，封英国公。北宋词人。这一条共论及三首词，现转录于下：

忆秦娥

李 白

箫声咽，秦娥梦断秦楼月。 秦楼月。年年柳色，霸陵伤别。 乐游原上清秋节，咸阳古道音尘绝。音尘绝。西风残照，汉家陵阙。

渔家傲

秋　思

范仲淹

塞下秋来风景异，衡阳雁去无留意。四面边声连角起。千嶂里，长烟落日孤城闭。　浊酒一杯家万里，燕然未勒归无计。羌管悠悠霜满地。人不寐，将军白发征夫泪。

喜迁莺

夏　竦

霞散绮，月垂钩。帘卷未央楼。夜凉银汉截天流，宫阙锁清秋。瑶台曙，金茎露。凤髓香盘烟雾。三千珠翠拥宸游，水殿按凉州。

气象，指作品通过气势和意象所呈现出的整体风貌。李白的这首词和另一首《菩萨蛮》，被称为“百代词曲之祖”。(黄升《花庵词选》)王国维认为，李白这首词的特点是气象雄浑。所谓“纯以气象胜”，意思是完全以气象雄浑取胜。在他看来，这首登高望远之作乃千古绝唱，其雄浑壮阔的气象，后代词人难以企及。

王国维认为范词和夏词都不及李词。这种看法，似可商酌。夏词是一首应制词，以铺叙的手法写清秋时节的皇家宫阙景色以及皇帝出游的庄严肃穆。虽然境界较为开阔，但着力渲染富丽堂皇的皇家气象，不过是一首四平八稳的点缀升平之作。范词境界开阔宏壮，情绪凄苦沉郁，苍凉哀怨，荡气回肠。说夏词不及李词，符合实际，说范词不及李词，则不公允。两首词都是千古传诵的名篇，都以气象雄浑取胜。但是，李词空灵，范词质实，李词凄婉而洒脱，范词郁悒而凝重。

【十一】

张皋文谓："飞卿之词，深美闳约。"余谓：此四字惟冯正中足以当之。刘融斋谓："飞卿精艳绝人。"差近之耳。

译文

张惠言说："温庭筠词，深美闳约"。我认为，这四个字只有冯延巳才担当得起。刘熙载说："温庭筠词精艳绝人"。这还比较接近吧。

评点

这一条论温庭筠词的艺术特色，请参见下一条评点。

【十二】

“画屏金鹧鸪”，飞卿语也，其词品似之。“弦上黄莺语”，端己语也，其词品亦似之。正中词品，若欲于其词句中求之，则“和泪试严妆”，殆近之欤？

译文

“画屏金鹧鸪”，这是温庭筠词里的一句，他的词的风格与之近似。“弦上黄莺语”，这是韦庄词里的一句，他的词的风格也与之近似。冯延巳词的风格，如果想要从他的词里找一句来描述，那么，“和泪拭严妆”恐怕有点接近吧。

评点

温庭筠(812—约870)，字飞卿，唐代词人。韦庄(839—910)，字端己，唐五代词人。冯延巳(904—960)，字正中，五代南唐词人。张惠言(1761—1802)，字皋文，清代词人、词论家。刘熙载(1813—1881)，字伯简，一字融斋，清代文论家。

上一条和这一条对温庭筠、韦庄和冯延巳三位词人作品的艺术特点和艺术风格进行比较研究。所谓“深美闳约”是深沉美好闳博简约的意思，指深厚博大的意蕴通过华美简约的文辞表现出来。王国维认为，温词达不到这一点，仅仅做到了“精艳绝人”，也就是文辞极为精工华丽而已。正因为如此，王国维用“画屏金鹧鸪”描述温词的风格。屏是屏风，画满了山水花鸟的屏风叫画屏，其色彩自然绚烂夺目。这是说温词辞采华美，与上条所说“精艳绝人”意思相同。“弦上黄莺语”，是说弹奏琵琶时，乐声犹如黄莺啼鸣。这是说韦词的风格清新流利。“和泪试严妆”，是说一位佳人试穿华美的新装，因伤怀念远而涕泣涟涟。这是说冯词思致深沉、文辞华美。

风格，尤其是作家风格，是其作品从思想内容到艺术形式所表现出来的、具有相对稳定性的总体特色。个人独特风格的形成，是作家走向成熟的标志。“风格就是人”(布封)，风格是“精神个体性的形式”(马克思)。中国美学和文艺理论的风格论，具有鲜明的民族特色。古代理论家提出了不少重要的风格类型。比如，刘勰《文心雕龙·体性》中，提出了“典雅”、“远奥”、“精约”、“显附”、“繁缛”、“壮丽”、“新奇”、“轻靡”八“体”；司空图《二十四诗品》中提出了“雄浑”、“劲健”、“豪放”、“旷达”、“冲淡”、“绮丽”、“自然”、“含蓄”等二十四“品”。但是，对于这些风格类型，他们都没有给予明确的理论界定，而是根据自己的审美体验，描绘某种特定的情境或境界，让读者心领神会。司空图用“荒荒油云，寥寥长风”描述“雄浑”，用“饮之太和，独鹤与飞。犹之惠风，荏苒在衣”描述“冲淡”就是如此。运用体验描述的方式，不用带有抽象性的词语，是中国美学和文艺理论风格论的显著特色。王国维对于温、韦、冯三位词人风格的比较，也是采用这种传统的体验描述的方式。这种方式的优点是，以艺术的形象的方式言说，便于从总体上把握风格特点，不抽象，不枯燥，能够激活读者丰富的联想和想象。

但是，这种方式由于缺乏明确的理论阐释，也往往给人以迷离恍惚，难以把握之感。这既是这种言说方式的缺点，但也未尝不是优点。因为，这就包容了阐释的多样性或多义性，给读者留下了从不同角度解读的广阔空间。所以，我这里对“画屏金鹧鸪”“弦上黄莺语”“和泪试严妆”的说明只是一得之见，读者诸君大可从自己的审美经验出发进行阐释和解读。

【十三】

南唐中主词："菡萏香销翠叶残，西风愁起绿波间。"大有众芳芜秽、美人迟暮之感。乃古今独赏其"细雨梦回鸡塞远，小楼吹彻玉笙寒"。故知解人正不易得。

译文

李璟词"菡萏香销翠叶残，西风愁起绿波间"，大有屈原"哀众芳之芜秽"、"恐美人之迟暮"的感慨。然而从古到今只是欣赏他的"细雨梦回鸡塞远，小楼吹彻玉笙寒"。由此可见，精于鉴赏的人实在难得。

评点

李璟(916—961)，五代南唐中主，词人。现将所论词转录于下：

摊破浣溪沙

李　璟

菡萏香销翠叶残，西风愁起绿波
间。还与韶光共憔悴，不堪看。
细雨梦回鸡塞远，小楼吹彻玉笙寒。
多少泪珠无限恨，倚阑干。

这首词，历代文人最欣赏其中"细雨梦回"两句，认为是警句。马令《南唐书·冯延巳传》："元宗(南唐中主李璟)乐府词云：'小楼吹彻玉笙寒'，延巳有'风乍起，吹皱一池春水'之句，皆为警策。

元宗尝戏延巳曰：'"吹皱一池春水"，干卿何事?'延巳曰：'未若陛下"小楼吹彻玉笙寒"。'元宗悦。"胡仔《苕溪渔隐丛话》引《雪浪斋日记》："荆公(王安石)问山谷(黄庭坚)云：'作小词曾看李后主词否?'云：'曾看。'荆公云：'何处最好?'山谷以'一江春水向东流'为对。荆公云：'未若"细雨梦回鸡塞远，小楼吹彻玉笙寒。"'"(王安石误把中主词当成后主词)

王国维认为这两句并非警句，而"菡萏香销翠叶残，西风愁起绿波间"两句寄兴深远。屈原《离骚》：

> 余既滋兰之九畹兮，又树蕙之百亩。畦留夷与揭车兮，杂杜衡与芳芷。冀枝叶之峻茂兮，愿俟时乎吾将刈。虽萎绝其亦何伤兮，哀众芳之芜秽。
>
> 日月忽其不淹兮，春与秋其代序。惟草木之零落兮，恐美人之迟暮。

屈原以"众芳芜秽"隐喻贤臣才士不能操守高洁而媚俗变节，以"美人迟暮"隐喻时光流逝，年事渐长，恐岁月蹉跎而功业难就。王国维认为，李璟词中"菡萏香销"两句描写残荷零落、西风乍起的深秋景象，并非单纯写景而是有所寄托，与屈原"众芳芜秽""美人迟暮"的慨叹异曲同工。

比兴寄托是中国古代诗词常用的艺术手法。把这两句词理解为有所寄托，王国维的看法自成一家之言。不过，南唐立国江东一隅，中主李璟亦非英武有为之君。他在位时，南唐已是中原地区后周王朝的附庸之国。说李璟会发"众芳芜秽""美人迟暮"之叹，似与情理不合。王国维1908年撰写《人间词话》时，清王朝政局昏暗，危机四伏，一片衰微破败、西风残照景象。他也许是夺他人之酒杯，浇胸中之垒块，通过对这两句词的解说，抒发他忧时忧世的感叹。

【十四】

温飞卿之词，句秀也。韦端己之词，骨秀也。李重光之词，神秀也。

译文

温庭筠词，字句华美。韦庄词，骨力劲健。李煜词，神韵悠长。

评点

李煜(937—978)，五代南唐后主，字重光，词人。

这一条是对温庭筠、韦庄和李煜词的艺术特点进行比较研究。王国维认为温词“句秀”，是说温词字句华美富丽；认为韦词“骨秀”，是说韦词文辞淡雅，在洒脱的风致中蕴含着端直劲健的力度美；认为后主词“神秀”，是说后主词神韵悠长，具有蓬勃的生机活力，神采飞扬，余味无穷。总之，温词之美在“句”，韦词之美在“骨”，后主词之美在“神”。显然，他认为后主词的成就在温、韦词之上，而韦词又略胜温词一筹。不过，持平而论，作为花间派词风的代表者，温、韦二人，伯仲间耳，实难分高下。当然，温词较为华艳，韦词较为淡雅，但说韦词骨力劲健，似有溢美之嫌。

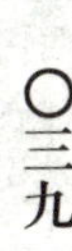

【十五】

词至李后主而眼界始大，感慨遂深，遂变伶工之词而为士大夫之词。周介存置诸温、韦之下，可谓颠倒黑白矣。“自是人生长恨水长东”。“流水落花春去也，天上人间”。《金荃》、《浣花》能有此气象耶？

译文

词到李后主，眼界才阔大，感慨也更深沉，从而把伶人乐工词变为士大夫词。周济把李后主词置于温、韦词之下，可以说是颠倒黑白。“自是人生长恨水长东”。“流水落花春去也，天上人间”。《金荃词》、《浣花词》能有这种气象吗？

评点

这一条评价李后主词在词的发展史上的地位。王国维认为，词本来是供伶人乐工于花前月下、秦楼楚馆演唱的，到李后主才成为文人士大夫抒情言志的一种文学体裁，因而冲破了男女情爱、相思别离这种传统题材的限制，从而眼界更开阔，感慨更深沉。李后主词的贡献和价值远在温、韦词之上。他们的作品绝没有李后主词那种自由奔放、凄婉沉挚的气象。这主要是指李后主中后期，尤其是降宋之后的词作而言。王国维这种见解是深刻而独到的。不过他对周济对温、韦、后主词的评价，似有误解。周济说：“毛嫱、西施，天下美妇人也，严妆佳，淡妆亦佳，粗服乱头不掩国色。飞卿，严妆也；端己，淡妆也；后主则粗服乱头矣。”“李后主词，如生马驹，不受控捉”。(《介存斋论词杂著》)他把李后主词比为“粗服乱头”的“天下美妇人”，是说后主词自然浑成、生机勃勃，实无贬意。

现将这一条论及的两首词以及可以称

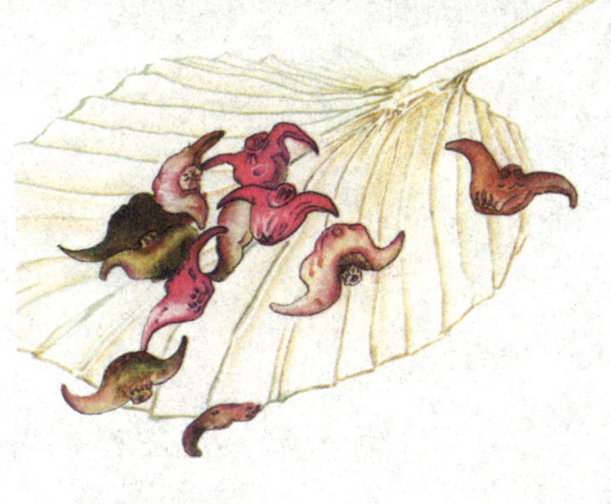

之为李煜词代表作的《虞美人》转录于下：

乌夜啼

林花谢了春红，太匆匆。无奈朝来寒重晚来风。　胭脂泪，留人醉，几时重。自是人生长恨水长东。

浪淘沙

帘外雨潺潺，春意阑珊。罗衾不耐五更寒。梦里不知身是客，一晌贪欢。　独自莫凭阑，无限关山，别时容易见时难。流水落花春去也，天上人间。

虞美人

春花秋月何时了，往事知多少。小楼昨夜又东风，故国不堪回首月明中。　雕栏玉砌应犹在，只是朱颜改。问君能有几多愁？恰似一江春水向东流。

这三首词，李煜尽情地倾诉国破家亡之痛，情感的波涛汹涌澎湃，起伏奔腾，悲凉凄楚，缠绵哀怨，文辞自然流畅，明白如话，把内心的痛苦、怨愤、悔恨、伤感、绝望……淋漓尽致地表现出来，因而具有强烈的艺术感染力。诚如缪塞所说："最美丽的诗歌是最绝望的诗歌，有些不朽的篇章是纯粹的眼泪。"（《五月之夜》）

【十六】

词人者，不失其赤子之心者也。故生于深宫之中，长于妇人之手，是后主为人君所短处，亦即为词人所长处。

译文

词人就是不失其赤子之心的人。所以，出生于深宫之中，长大于妇人之手，是李后主作为君主的短处，却也是他作为词人的长处。

评点

这一条论词人应不失其赤子之心，请参见下一条评点。

【十七】

客观之诗人，不可不多阅世。阅世愈深，则材料愈丰富，愈变化，《水浒传》、《红楼梦》之作者是也。主观之诗人，不必多阅世。阅世愈浅，则性情愈真，李后主是也。

译文

客观诗人，不能不多经历世事。经历世事越深切，那么创作素材就越丰富多彩，越错综变化，《水浒传》、《红楼梦》的作者就是如此。主观诗人，不必多经历世事。经历世事越浅，那么性情就越纯真，李后主就是如此。

评点

认为作家艺术家应该不失其赤子之心，出自赤子之心的作品才是优秀作品，古今中外的美学和文艺理论家都有人持这种观点。李贽说："夫童心者，真心也，……绝假纯真，最初一念之本心也。""天下之至文，未有不出于童心焉者也。"(《童心说》)袁枚说："诗人者，不失其赤子之心者也。"(《随园诗话》)叔本华说："天才者，不失其赤子之心者也。……赤子，能感也，能思也，能教也，其爱知识也，较成人为深，而其受知识也，亦视成人为易。……故自某方面观之，凡赤子皆天才也。又凡天才，自某点观之，皆赤子也。”(王国维《叔本华与尼采》引《世界是意志和表象》)李贽所说的童心也就是赤子之心。叔本华所说的天才，首先是指艺术家。王国维赞同这种观点，所以他说：“词人者，不失其赤子之心者也。”

赤子即婴儿。所谓“赤子之心”或“童心”，是指婴儿或儿童那种天真无邪，未受社会风习污染的赤诚之心，也就是“真心”。认为诗人应不失其赤子之心，就是强调诗人应该真诚地对待自然人生，作品应该出自至性真情。可见，王国维认为词人不应失其赤子之心，和他主张写真景物、真感情是完全一致的。在他看来，词人只有不失其赤子之心，才能写出真景物、真感情。

进一步，王国维认为，诗人要葆有赤子之心，应该处于一种比较封闭的生活环境中，不应有丰富的生活阅历，这样就可以免受消极腐败社会风习的熏陶。所以，他主张“主观之诗人(抒情诗人)，不必多阅世。阅世愈浅，则性情愈真。”认为李煜“生于深宫之中，长于妇人之手”，虽然未经历练，不谙世事，缺乏安邦定国之才，却使他免受社会风习的濡染，从而葆有赤子之心，终于成为一位大词人。他是“阅世愈浅，则性情愈真”的典范。可见，王国维对于消极腐朽社会风习对于诗人灵魂的污染毒害深恶痛绝。他曾愤激地说：“社会上之习惯，杀许多之善人。文学上之习惯，杀许多之天才。”(《人间词话删稿》第十四条)可见，倡导赤子之心、性情之真，正是针对风气之陋、习俗之伪。

但是，王国维所指出的不经历世事，躲进象牙之塔以保持赤子之心、性情之真的道路却是错误的。西方文艺理论家认为愤怒出诗人，中国古代文论家认为诗穷而后工，都认为诗人经历了艰难困苦，遭受了挫折坎坷，才激发起深沉浓郁的诗情，创作出不朽的名篇佳作。这就是司马迁所说的“诗三百篇，大抵贤圣发愤之所为作也。”(《史记·太史公自序》)韩愈所说的：“夫和平之音淡薄，而愁思之声要妙；欢愉之辞难工，而穷苦之言易好也。”(《荆潭倡和诗序》)欧阳修所说的：

> 凡士之蕴其所有，而不得施于世者，多喜自放于山巅水涯，外见虫鱼草木风云鸟兽之状类，往往探其奇怪；内有忧思感愤之郁积，其兴于怨刺，以道羁臣寡妇之所叹，而写人情之难言，盖愈穷则愈工。然非诗之能穷人，殆穷者而后工也。(《梅圣俞诗集序》)

就以李煜而论，他的最优秀的作品大都作于降宋之后。这时，他从一个小国君主变为宋王朝的阶下囚，终日过着以眼泪洗面的生活。他的词是他当时情感思绪的真实表露。没有他这种独特的生活经历，也就不会有那些流传千古的精美词章。可见，不管是“客观之诗人”(叙事作家)还是“主观之诗人”(抒情诗人)都“不可不多阅世”。

【十八】

尼采谓："一切文学，余爱以血书者。"后主之词，真所谓以血书者也。宋道君皇帝《燕山亭》词亦略似之。然道君不过自道身世之戚，后主则俨有释迦、基督担荷人类罪恶之意，其大小固不同矣。

译文

尼采说："所有的文学作品中，我爱用血写成的。"李后主词，真可以说是用血写成的。宋徽宗的《燕山亭》词，也颇有相似之处。然而，宋徽宗不过述说自己经历的悲苦，李后主则俨然有释迦牟尼、耶稣承担全人类罪恶的意思，他们作品价值的高低本来就是不同的。

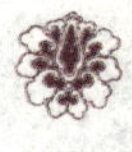

评点

这一条对李后主词和宋徽宗词进行比较研究。道君皇帝就是宋徽宗赵佶(1082—1135)。他是昏庸的亡国之君，却也是一位著名的画家和书法家。金兵攻陷北宋首都汴京，他和他的儿子钦宗赵桓被俘，押解北去，后死于五国城。在北上途中，他写下了《燕山亭》(北行见杏花)词，全文是：

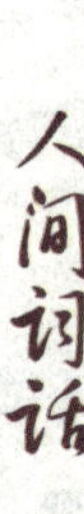

裁翦冰绡，轻叠数重，淡著燕脂匀注。新样靓妆，艳溢香融，羞杀蕊珠宫女。易得凋零，更多少，无情风雨。愁苦。闲院落凄凉，几番春暮。

凭寄离恨重重。这双燕，何曾会人言语。天遥地远，万水千山，知他故宫何处。怎不思量，除梦里有时曾去。无据。和梦也，新来不做。

尼采(1840—1900)，德国哲学家。这里的引语，现在的译文是："凡一切已经写下的，我只爱其人用其血写下的。用血写：然后你将体会到，血便是精义。"(《苏鲁支语录》，徐梵澄译)

王国维认为李后主词是用血写成的，是说李后主词出自至性真情，字字血，声声泪。宋徽宗词与之颇有相似之处。然而，宋徽宗只是诉说个人的痛苦和不幸，李后主却超越了个人，表现了人类共同的痛苦和不幸，就好像释迦牟尼和耶稣以个人的受苦受难担荷全人类的罪恶一样。所谓宋徽宗词和李后主词"大小固不同"，是说前者只具有个别的、特殊的品格，后者则从个别和特殊上升到一般和普遍，其艺术价值高低不同，因而其艺术感染力的强度才有着巨大差异。王国维所说的"俨有释迦、基督担荷人类罪恶之意"只是一个比喻，并非认为李后主以个人苦难担荷人类罪恶。这点，不应引起误解。

在文学史上存在这样一种现象，优秀杰出的作品可以引起不同历史时期读者思想感情的共鸣。这是因为，尽管处于不同历史时期有着不同生活经历的人，其思想感情必然有所不同，然而社会生活是前后相继向前发展的，因而人们的生活境遇和思想感情总还具有某种相似性以致于共同性。当然，这种共鸣是后代读者从自身生活经历出发而进行的欣赏和解读，是一种艺术的再创造。比如，李后主的《虞美人》(春花秋月何时了)把离愁别绪家国之思表现得真切感人，他所留恋的是已经灭亡的南唐小王朝和宫廷生活。抗战时期的中国知识分子通过吟诵欣赏这首词寄托自己的离愁别绪家国之思，他们所怀恋的却是在日寇铁蹄下呻吟的父老乡亲，是被日寇所占领的祖国大好河山。这时，词中的"往事""故国""雕栏""玉砌"已成为一种符号，一种象征，被欣赏者赋予了全新的内涵。甚至，"问君能有几多愁，恰似一江春水向东流"这种本来比较消沉伤感的句子，也被赋予了悲愤激越的情调。就是在今天，远离故乡和亲人的读者，仍然会欣赏这首词，并根据自己的生活经历进行解读和体味。文学欣赏中的这种"共鸣"现象，是普遍存在的。王国维所说的"后主则俨有释迦、基督担荷人类罪恶之意"所揭示的，正是这种"共鸣"现象。

山禽矜逸態
梅粉弄輕柔
已有丹青約

【十九】

冯正中词虽不失五代风格，而堂庑特大，开北宋一代风气，与中、后二主词皆在花间范围之外，宜《花间集》中不登其只字也。

译文

冯延巳词虽然还没有失去五代词的风格特色，然而气象恢宏，开北宋一代词风，和南唐中主、后主词都突破了花间词风的限制，《花间集》中不收录他们一个字是很自然的事。

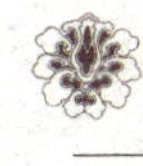

评点

这一条论冯延巳词的特点，请参见下一条。

【二十】

正中词除《鹊踏枝》、《菩萨蛮》十数阕最煊赫外，如《醉花间》之"高树鹊衔巢，斜月明寒草。"余谓：韦苏州之"流萤渡高阁"，孟襄阳之"疏雨滴梧桐"，不能过也。

译文

冯延巳词除了《鹊踏枝》、《菩萨蛮》十几首最杰出之外，像《醉花间》的"高树鹊衔巢，斜月明寒草"，我认为：就连韦应物的"流萤渡高阁"和孟浩然的"疏雨滴梧桐"也不能超过。

评点

这两条评论五代南唐词人冯延巳。在王国维之前以及与之同时的词论家陈廷焯、冯煦、况周颐等人，都对冯词给予很高评价。冯煦说："词至南唐，二主(中主、后主)作于上，正中和于下，诣微造

极，得未曾有。宋初诸家，靡不祖述二主，宪章正中。”(《蒿庵论词》)这和王国维所说的冯词“开北宋一代风气”是一致的。王国维认为，冯词的艺术特点是，虽然仍然具有五代词辞采华美的特点，但气象恢宏、境界阔大。这种分析是符合实际的。王国维还举出了冯词的代表作和警句。唐代诗人韦应物《寺居独夜寄崔主簿》中的“寒雨暗深更，流萤渡高阁”和孟浩然的联句“微云淡河汉，疏雨滴梧桐”是千古流传的警句。王国维认为，冯延巳《醉花间》(晴雪小园春来到)词中的“高树鹊衔巢，斜月明寒草”与之相比毫无逊色。这实际上是说冯词深得唐诗妙境。可见，王国维对冯词极为推崇。

王国维认为《花间集》中不收录南唐二主和冯词是因为他们突破了花间词风。这种看法不准确。《花间集》是五代后蜀赵崇祚编，主要收录蜀中词人作品，欧阳炯在后蜀广政三年(940)为之作序。这时，冯延巳三十七岁，中主李璟二十五岁，后主李煜才四岁。《花间集》不收他们的作品，实因西蜀南唐道里隔绝以及后主年岁不相及所致。王国维实疏于考证。

【二十一】

欧九《浣溪沙》词"绿杨楼外出秋千"。晁补之谓：只一"出"字，便后人所不能道。余谓：此本于正中《上行杯》词"柳外秋千出画墙"，但欧语尤工耳。

译文

欧阳修《浣溪沙》词"绿杨楼外出秋千"。晁补之认为：只是一个"出"字，后代词人便说不出来。我认为：这句出于冯延巳《上行杯》词"柳外秋千出画墙"，但是欧阳修的文辞更加工巧。

评点

欧九即欧阳修(1007—1072)，字永叔，北宋词人。晁补之(1053—1110)字无咎，北宋词人。本条所引他对欧词的评论，见吴曾《能改斋漫录》。这句话既是赞美"出"字用得好，套用王国维的说法，可以说：著一"出"字而境界全出。同时，也包含有这种用法是欧阳修独创的意思。王国维指出：这并非欧阳修独创，而是出于冯延巳《上行杯》词，但欧词文辞更为工巧。现将两首词转录于下：

上行杯

冯延巳

落梅著雨消残粉，云重烟轻寒食近。罗幕遮香，柳外秋千出画墙。

春山颠倒钗横凤，飞絮入帘春睡重。梦里佳期，只许庭花与月知。

浣溪沙

欧阳修

堤上游人逐画船，拍岸春水四垂天，绿杨楼外出秋千。　白发戴花君莫笑，六么催拍盏频传，人生何处似尊前。

冯词写伤春念远情怀，情意缠绵。欧词写游春畅饮情景，气度洒脱。二词实难分高下。“柳外秋千出画墙”和“绿杨楼外出秋千”两句描绘春天景色也都鲜明生动。要说“欧语尤工”，可能是后一句更传神地描绘出秋千高高荡起的情景，更具动态感。还应补充的是，前一句也并非冯延巳的独创，而是出自王维《寒食城东即事》：“蹴踘屡过飞鸟上，秋千竞出垂杨里。”古人写诗填词，讲究出处，经常化用前人诗句，于此可见一斑。

【二十二】

梅圣俞《苏幕遮》词："落尽梨花春事了。满地斜阳，翠色和烟老。"刘融斋谓：少游一生似专学此种。余谓：冯正中《玉楼春》词："芳菲次第长相续，自是情多无处足。尊前百计得春归，莫为伤春眉黛促。"永叔一生似专学此种。

译文

梅尧臣《苏幕遮》词："落尽梨花春事了。满地斜阳，翠色和烟老。"刘熙载认为：秦观一生似乎专门学习这种词。我认为：冯延巳《玉楼春》词："芳菲次第长相续，自是情多无处足。尊前百计得春归，莫为伤春眉黛促。"欧阳修一生似乎专门学习这种词。

评点

梅尧臣(1002—1060)，字圣俞，北宋词人。秦观(1049—1100)，字少游，号淮海居士，北宋词人。所引刘熙载语见其《艺概·词曲概》，原话是"此一种似为少游开先"。

这一条论秦观词和欧阳修词风格的差异。所引梅尧臣词缠绵哀怨、含蓄蕴藉，秦观词风格与此相近。所引冯延巳词于缠绵哀怨中透露出达观洒脱的情致，欧阳修词风格正与此相近。前文已谈到，中国古代文论家在论及作家风格时，往往根据自己的审美体验，描绘某种特定的情境或境界，让读者心领神会。这里也正是如此。请参见第十一、十二条评点。

東郭指西鄰姓惟
朱與陳相逢皆至
戚不擬喚嘉賓穀
賤雖猶喜糯收酒
亦醇每圖幽雅意
真樸愧周臣
癸巳季秋下澣
御題

【二十三】

人知和靖《点绛唇》、圣俞《苏幕遮》、永叔《少年游》三阕为咏春草绝调。不知先有正中"细雨湿流光"五字，皆能摄春草之魂者也。

译文

人们只知道林逋《点绛唇》、梅尧臣《苏幕遮》和欧阳修《少年游》三首词是咏春草的绝唱。不知道先有冯延巳的"细雨湿流光"五个字，都是能为春草传神的佳作。

评点

林逋(967—1028)，字君复，谥和靖先生，北宋词人。这一条共论及四首咏春草词，现转录于下：

南乡子

冯延巳

细雨湿流光，芳草年年与恨长。烟锁凤楼无限事，茫茫。鸾镜鸳衾两断肠。　魂梦任悠扬，睡起杨花满绣床。薄倖不来门半掩，斜阳。负你残春泪几行。

点绛唇

林 逋

金谷年年，乱生春色谁为主。余花落处，满地和烟雨。　又是离歌，一阕长亭暮。王孙去，萋萋无数。南北东西路。

苏幕遮

梅尧臣

露堤平，烟墅杳。乱碧萋萋，雨后江天晓。独有庾郎年最少。窣地春袍，嫩色宜相照。　接长亭，迷远道。堪怨王孙，不记归期早。落尽梅花春又了。满地残阳，翠色和烟老。

少年游

欧阳修

阑干十二独凭春。晴碧远连云。千里万里，二月三月，行色苦愁人。

谢家池上，江淹浦畔，吟魄与离魂。那堪疏雨滴黄昏。更特地，忆王孙。

这里所说的“能摄春草之魂”，就是能描绘出春草的情态，为之传神。冯词和林词写细雨霏微中的春草，梅词和欧词写广阔原野上一望无际的春草都能做到逼真传神，并且与伤怀念远之情融合为一，情景相生，韵味悠长。

中国古代绘画艺术以“气韵生动”作为最高美学要求，人物和景物描绘不仅要求“形似”，更要求“神似”。“神”，指人物的精神或景物的神态。据传，东晋画家顾恺之画人物，有时数

年不点睛。人问其故，他回答说："四体妍蚩，本亡(无)关于妙处，传神写照，正在阿堵(这东西，此处指眼珠——引者)之中。"陈郁也说："写其形必传其神，传其神必写其心。"(《藏一话腴》)这种理论同样也适用于诗歌创作。在咏物诗创作中，诗论家认为要做到"肖"，如实地描绘出外物的形象(亦即"形似")并不难，难的是描绘出外物的神态特点(亦即"神似")，并且表现出诗人的情感思绪。所以说："夫咏物之难，非肖难也，惟不局局于物之难。"(陆时雍《诗镜总论》)"咏物诗要不即不离，工细中须具缥缈之致。"(吴雷发《说诗菅蒯》)"咏物诗……形容极肖，终非上乘。……宛转相关，寄托无迹，不粘滞于景物，不著力于论断，遗形取神，超相入理，固别有道在矣。"(朱庭珍《筱园诗话》)王国维认为咏春草之词不应只得其貌而应能"摄"其"魂"，正与遗其"形"而取其"神"，超其"相"而入其"理"的理论相一致。

王国维说："能写真景物真感情者谓之有境界。"(第六条)他所说的能写"真景物"正是指写景妙造自然，体物得神，而非刻板描摹，只求形似。可见，这一条通过举四首咏春草词为例，说明了怎样叫做能写"真景物"。

【二十四】

《诗·蒹葭》一篇，最得风人深致。晏同叔之“昨夜西风凋碧树。独上高楼，望尽天涯路。”意颇近之。但一洒落，一悲壮耳。

译文

《诗经》的《蒹葭》这一篇，最能表现诗人深沉的情致。晏殊的“昨夜西风凋碧树。独上高楼，望尽天涯路。”意趣和它颇为近似。但是，一个情调洒脱，一个情调悲壮。

评点

晏殊(991—1055)字同叔，北宋词人。这一条论诗歌应表现真感情。请参见下一条评点。

【二十五】

“我瞻四方，蹙蹙靡所骋。”诗人之忧生也。“昨夜西风凋碧树。独上高楼，望尽天涯路”似之。“终日驰车走，不见所问津。”诗人之忧世也。“百草千花寒食路，香车系在谁家树”似之。

译文

“我瞻四方，蹙蹙靡所骋。”这是诗人抒发对于人生的忧虑之情。“昨夜西风凋碧树。独上高楼，望尽天涯路”和它相似。“终日驰车走，不见所问津。”这是诗人抒发对于世事的忧虑之情。“百草千花寒食路，香车系在谁家树”和它相似。

评点

这两条共论及五首诗词，现转录于下：

蒹　葭

蒹葭苍苍，白露为霜。所谓伊人，在水一方。溯洄从之，道阻且长。溯游从之，宛在水中央。　蒹葭凄凄，白露未晞。所谓伊人，在水之湄。溯洄从之，道阻且跻。溯游从之，宛在水中坻。　蒹葭采采，白露未已。所谓伊人，在水之涘。溯洄从之，道阻且右。溯游从之，宛在水中沚。（《诗经·秦风》）

节南山(节录)

昊天不傭，降此鞠讻。昊天不惠，降此大戾。君子如届，俾民心阕。君子如夷，恶怒是违。　不吊昊天，乱靡有定。式月斯生，俾民不宁。忧心如酲，谁秉国成。不自为政，卒劳百姓。　驾彼四牡，四牡项领。我瞻四方，蹙蹙靡所骋。(《诗经·小雅》)

鹊踏枝

晏　殊

槛菊愁烟兰泣露。罗幕轻寒，燕子双飞去。明月不谙离恨苦，斜光到晓穿朱户。　昨夜西风凋碧树。独上高楼，望尽天涯路。欲寄彩笺兼尺素，天长水阔知何处。

饮酒二十首(之二十)

陶渊明

羲农去我久，举世少复真。汲汲鲁中叟，弥缝使其淳。凤鸟虽不至，礼乐暂得新。洙泗辍微响，漂流逮狂秦。诗书复何罪，一朝成灰尘。区区诸老翁，为事诚殷勤。如何绝世下，六籍无一亲。终日驰车走，不见所问津。若复不快饮，空负头上巾。但恨多谬误，君当恕罪人。

鹊踏枝

冯延巳

几日行云何处去。忘却归来，不道春将暮。百草千花寒食路，香车系在谁家树。　　泪眼倚楼频独语。双燕飞来，陌上相逢否？撩乱春愁如柳絮，悠悠梦里无寻处。

《蒹葭》是《诗经·秦风》中的一篇。这首诗以反复咏叹的手法表现对远方友人的思念之情。汉儒认为：“《蒹葭》，刺秦公也。未能用周礼，将无以固其国焉。”诗中之“伊人”，指“知周礼之贤人。”（《十三经注疏·毛诗正义》）晏殊词抒写清秋时节伤怀念远之情。王国维认为，《蒹葭》这首诗情致深沉，晏词与之相近，只是前者洒脱，后者悲壮。

《节南山》是《诗经·小雅》中的一篇。汉儒认为，“《节南山》，家父刺幽王也。”作者家父是“周大夫”。（《十三经注疏·毛诗正义》）周幽王昏庸无道、国是日非。诗中的“我瞻四方，蹙蹙靡所骋”表现出贤人君子无所适从、迷惘沉痛的情怀。王国维认为晏殊词所表现的情感与此诗相近似。陶潜身处东晋与宋易代之际，他的《饮酒二十首(之二十)》表现出对政治混乱、救世无人的愤激之情。诗中“终日驰车走，不见所问津”直斥趋炎附势的腐败风气。王国维认为冯延巳词所表现的情感与此诗相近似。

汉儒对《诗经》的解说未必都符合作品实际，王国维对两首词的理解也只是一家之言。这些，我们都可以存而不论。在这两条里，王国维通过对这些作品的分析，肯定诗歌应该表现“风人深致”，抒写“忧生”“忧世”之情。王国维说：“能写真景物、真感情者谓之有境界。”（第六条）他所说的“真感情”，就是感情发自肺腑，诚挚深切，而非虚情假意，无病呻吟。这两条所说的“风人深致”，“忧生”、“忧世”之情就是一种“真感情”。

【二十六】

古今之成大事业、大学问者，必经过三种之境界：“昨夜西风凋碧树。独上高楼，望尽天涯路。”此第一境也。“衣带渐宽终不悔，为伊消得人憔悴。”此第二境也。“众里寻他千百度，回头蓦见，那人正在，灯火阑珊处。”此第三境也。此等语皆非大词人不能道。然遽以此意解释诸词，恐为晏、欧诸公所不许也。

译文

古往今来成就大事业、大学问的人，必定要经历三种境界：“昨夜西风凋碧树。独上高楼，望尽天涯路。”这是第一境界。“衣带渐宽终不悔，为伊消得人憔悴。”这是第二境界。“众里寻他千百度，回头蓦见，那人正在，灯火阑珊处。”这是第三境界。这种话都除非大词人便说不出来。然而我竟然用这样的意思解释上述诸词，恐怕晏殊、欧阳修诸词人也不会赞许吧。

评点

这一条根据《文学小言》第五条修改而成。从开始到“此第三境也”两者基本相同，但“境界”和“境”《文学小言》均作“阶级”。最后两句，《文学小言》作“未有不阅第一、第二阶级而能遽跻第三阶级者。文学亦然。此有文学上之天才者，所以又需莫大之修养也。”《文学小言》写于1906年，《人间词话》写于1908年。把《文学小言》中的一条经修改后重新写入《人间词话》，可见是王国维的得意之笔。

这一条引用了三首词中的句子。“昨夜西风凋碧树。独上高楼，望尽天涯路”出于晏殊《鹊踏枝》。这首词全文见第二十四条评点。现将其他两首词转录于下：

蝶恋花

柳　永

伫倚危楼风细细。望极春愁，黯黯生天际。草色烟光残照里。无言谁会凭阑意。　拟把疏狂图一醉。对酒当歌，强乐还无味。衣带渐宽终不悔，为伊消得人憔悴。

青玉案

辛弃疾

东风夜放花千树。更吹落，星如雨。宝马雕车香满路。凤箫声动，玉壶光转，一夜鱼龙舞。　蛾儿雪柳黄金缕，笑语盈盈暗香去。众里寻他千百度。蓦然回首，那人却在，灯火阑珊处。

这一条是王国维对创业之路、治学之路的理解。这里的“境界”“境”是阶级、阶段的意思。王国维认为，大事业、大学问不可能一蹴而就，必须循序渐进，进行长期的探索和追求，必须具有坚韧不拔、百折不挠的精神，不仅要具有天才，更需要进行刻苦的修养。具体说来，这就要经历三个阶段。

“昨夜西风凋碧树。独上高楼，望尽天涯路。”描绘了长林叶落、西风乍起的清秋时节，登楼远眺，但见天高云淡，一条道路通向遥远的天际。此情此景，一种孤独寂寞之感油然而生，但似乎也唤起一种追求和探索的期望。这里是比喻在创业和治学的开始阶段，必须高瞻远瞩，视野开阔，耐得寂寞孤独，同时要认清前人走过的道路，理清前代已有的成果作为基础和出发点。这是第一境界或阶段。

“衣带渐宽终不悔，为伊消得人憔悴。”描绘了热恋中的情人的相思之苦。情有独钟，专一执着，虽衣带渐宽、枯槁憔悴也心甘情愿、无怨无悔。这是比喻在创业和治学的过程中，要坚韧不拔、百折不挠，具有不怕艰难险阻，不惜殚精竭虑的献身精神。这是第二境界或阶段。

“众里寻他千百度。蓦然回首，那人却在，灯火阑珊处。”描绘了在灯如海、花如潮的元宵节情人约会的情景。经过百次千次的苦苦追寻，在那灯火冷落之处，终于见到了朝思暮想的意中人，不禁大喜过望，极度欢欣。这是比喻经过艰辛的探索和追求后，终于获得事业的成功、学问的创见，理想实现自然体验到无比的喜悦和快慰。这是第三境界或阶段。

王国维的三境界说是对成功的创业之路或治学之路的形象的描述。他所强调的是一种献身殉身精神。这既是一条充满荆棘和险阻的艰辛之路，也可使人体验到最高的精神愉悦。王国维的话里蕴含着深邃的人生哲理。

【二十七】

永叔“人间自是有情痴，此恨不关风与月。”“直须看尽洛城花，始与东风容易别。”于豪放之中有沈著之致，所以尤高。

译文

欧阳修的“人间自是有情痴，此恨不关风与月。”“直须看尽洛城花，始与东风容易别。”在豪放中蕴含着深沉的情致，所以尤其高出于其它作品之上。

评点

这一条论欧阳修词，现转录于下：

玉楼春

欧阳修

尊前拟把归期说。未语春容先惨咽。人生自是有情痴，此恨不关风与月。　离歌且莫翻新阕。一曲能教肠寸结。直须看尽洛城花，始共春风容易别。

北宋前期词，大体上仍沿袭晚唐五代尤其是南唐词风。欧阳修词也不例外。刘熙载说：“冯延巳词，晏同叔得其俊，欧阳永叔得其深。”(《艺概·词曲概》)这是说欧词继

承了冯词情致深沉的特点。冯煦认为，欧词“疏隽开子瞻，深婉开少游。”(《宋六十一家词选例言》)这是以“疏隽”而又“深婉”概括欧词的风格，并认为这种词风分别影响到苏轼和秦观。所谓“疏隽”即疏放隽永。所谓“深婉”，即深沉婉转。王国维这里所说的“于豪放之中有沈著之致”，就是以既“豪放”而又“沈著”概括这首欧词的特点。这与冯煦的看法相近。明明是春色撩人，却说：“人生自是有情痴，此恨不关风与月。”明明是愁肠寸结，却仍要“直须看尽洛城花，始共东风容易别”，表现出开阔疏狂的襟怀。而这，正深化了离情别绪。可见，以“豪放之中有沈著之致”概括这首词的特点是比较准确的。从总体上看，这也大体是欧词的风格特点。

【二十八】

冯梦华《宋六十一家词选序例》谓："淮海、小山，古之伤心人也。其淡语皆有味，浅语皆有致。"余谓此惟淮海足以当之。小山矜贵有余，但可方驾子野、方回，未足抗衡淮海也。

译文

冯煦《宋六十一家词选序例》说："秦观和晏几道，真是古代的伤心人。他们平淡的语言都有韵味，浅近的语言都有深致。"我认为，这种评价只有秦观才能担当得起，晏几道矜持华贵有余，只能和张先、贺铸并驾齐驱，不足以与秦观相抗衡。

评点

冯煦(1843—1927)，字梦华，号蒿庵。近代词人、词论家。晏几道(约1030—1106)，字叔原，号小山。北宋词人。张先(990—1078)，字子野。北宋词人。贺铸(1052—1125)，字方回。北宋词人。

这一条论秦观词，请参见第三十条评点。

【二十九】

少游词境最为凄婉。至“可堪孤馆闭春寒，杜鹃声里斜阳暮。”则变而凄厉矣。东坡赏其后二语，犹为皮相。

译文

秦观词的境界最为凄婉。至于他的“可堪孤馆闭春寒，杜鹃声里斜阳暮。”就更加变为凄厉了。苏轼特别欣赏这首词的最后两句，还只停留在文辞表面。

评点

这一条论秦观词，请参见第三十条评点。

【三十】

“风雨如晦，鸡鸣不已。”“山峻高以蔽日兮，下幽晦以多雨。霰雪纷其无垠兮，云霏霏而承宇。”“树树皆秋色，山山惟落晖。”“可堪孤馆闭春寒，杜鹃声里斜阳暮。”气象皆相似。

译文

“风雨如晦，鸡鸣不已。”“山峻高以蔽日兮，下幽晦以多雨。霰雪纷其无垠兮，云霏霏而承宇。”“树树皆秋色，山山惟落晖。”“可堪孤馆闭春寒，杜鹃声里斜阳暮。”这些诗句的气象都是相似的。

评点

屈原(约前340—约前278)，名平，字原，又名正则，字灵均。战国楚诗人。王绩(585—644)，字无功，隋末唐初诗人。第二十九、三十条论及四首诗词，现转录于下：

风　雨

风雨凄凄，鸡鸣喈喈。既见君子，云胡不夷。　风雨潇潇，鸡鸣胶胶。既见君子，云胡不瘳。　风雨如晦，鸡鸣不已。既见君子，云胡不喜。

（《诗经·郑风》）

涉　江(节录)

入溆浦余儃佪兮，迷不知吾所如。深林杳以冥冥兮，乃之猨狖所居。山峻高以蔽日兮，下幽晦以多雨。霰雪纷其无垠兮，云霏霏其承宇。哀吾生之无乐兮，幽独处乎山中。(《九章》)

野　望

王　绩

东皋薄暮望，徙倚欲何依。树树皆秋色，山山惟落晖。牧人驱犊返，猎马带禽归。相顾无相识，长歌怀采薇。

踏莎行

秦　观

雾失楼台，月迷津渡。桃源望断无寻处。可堪孤馆闭春寒，杜鹃声里斜阳暮。　驿寄梅花，鱼传尺素。砌成此恨无重数。郴江幸自绕郴山，为谁流下潇湘去。

这三条论秦观词。第二十八条是秦词与小晏词的比较。第二十九条论秦词风格特点。第三十条论秦词对前代的继承。晏几道和秦观都是北宋时期重要词人。晏几道的父亲晏殊在宋仁宗朝官至宰相，但他却只做过监颍川许田镇这样的小官，政治上毫无地位，是一位落魄的王孙公子。秦观是苏门四学士之一，曾任太学博士，兼国史院编修官，但仕途坎坷，屡遭打击，被贬到遥远偏僻的处州、郴州和雷州，遇赦放还。北归途中死于藤州。两人的生平遭遇都颇为不幸，但秦观更甚。在他们的不少词作中，充满了凄楚伤感、缠绵哀怨的情调。正因为如此，冯煦才把晏几道和秦观相提并论，认为他们都是“古之伤心人。其淡语皆有味，浅语皆有致。”王国维认为，冯煦的这些话只适用于秦观，而晏词则充满了矜持华贵的贵族气息，其价值低于秦词。王国维的分析和评价是符合实际的。因为，晏几道虽然落魄沉沦，但毕竟出身于太平宰相之家，其词作中富贵气在所难免，而秦词中那种由于仕途坎坷、屡遭贬谪而产生的刻骨铭心的痛苦和愤懑，在小晏词中是不可能具有的。秦词的情感更沉挚，小晏词则较浮泛。秦词的色彩较淡雅，小晏词则较浓艳。王国维以“凄婉”概括秦词的风格也比较准确。所谓“凄婉”，就是凄楚伤感、缠绵委婉，或者“清丽婉约，辞情相称，诵之回肠荡气。”（夏敬观《吷庵手校淮海词跋》）

王国维认为，《诗经·郑风·风雨》、屈原《九章·涉江》、王绩《野望》与秦观《踏莎行》“气象皆相似。”《毛传》：“《风雨》，思君子也。乱世则思君子，不改其度也。”（《毛诗正义》）可见，这些作品表现的是身处乱世的贤人君子不得进用，只能避世隐居以保持其高洁情操这种相同或相似的人生境遇和情感思绪。这显然是认为秦词运用了比兴寄托的手法，并认为集中体现于“可堪孤馆”两句之中。这种解读虽似求之太深，但若结合秦观的身世遭遇，也并非全无根据的臆说。

基于这种理解，王国维认为“可堪孤馆”两句是《踏莎行》这首词的警句。景中寓情，精深高妙，凄婉之极，“变而凄厉”。和王国维不同，苏轼特别欣赏这首词的末两句“郴江幸自绕郴山，为谁流下潇湘去”，并且写在扇面上。（见《苕溪渔隐丛话》引惠洪《冷斋夜话》）这里，秦观用郴江尚可自由流淌，反衬自己羁旅郴州不得自由。这是一句问话，但问得突兀，问得无理，透露出词人内心极度的悲苦与无奈。苏轼欣赏这两句，同样表现出很高的艺术鉴赏力。本来，文学鉴赏就是心灵在佳作中的探险。仁者见仁，智者见智。由于鉴赏者生活阅历和审美趣味的不同，对于同一作品往往会有不同的理解和体悟。所以，说苏轼特别欣赏这首词的后两句“犹为皮相”，失之浅薄，也大可不必。

【三十一】

昭明太子称：陶渊明诗"跌宕昭彰，独超众类。抑扬爽朗，莫之与京。"王无功称：薛收赋"韵趣高奇，词义晦远。嵯峨萧瑟，真不可言。"词中惜少此二种气象，前者惟东坡，后者惟白石，略得一二耳。

译文

萧统认为：陶渊明诗"狂放旷达，超越众家。铿锵爽朗，无与伦比。"王绩认为：薛收赋"韵趣高奇，意蕴悠远。清亮哀怨，不可言传。"可惜的是词里缺少这两种气象，前者只有苏轼，后者只有姜夔，略得其一二。

评点

萧统(501—532)，字德施，南朝梁武帝长子，天监元年立为太子，谥昭明，世称昭明太子。陶渊明(365或372—427)，一名潜，字元亮。东晋诗人。薛收(592—624)，字伯褒，隋末唐初文学家。萧统语见其《陶渊明集序》。王绩语见其《答冯子华处士书》。苏轼(1037—1101)，字子瞻，号东坡居士。北宋词人。姜夔(约1155—约1221)，字尧章，号白石道人。南宋词人。

这里所说的"二种气象"近似于两种风格。一种是陶渊明诗狂放旷达、明快爽朗的风格，一种是薛收赋韵趣高奇、意蕴悠长的风格。王国维认为，在词人之中只有苏轼和姜夔分别略得其一二。

苏轼是北宋杰出的词人。他的词彻底冲破了"词为艳科"的创作规范，以词言情述志，开拓了词的疆域，提高了词的品格。对于苏轼变革词体的重大贡献，词论家予以高度评价。

王灼说：

> 东坡先生非心醉于音律者，偶尔作歌，指出向上一路，新天下耳目，弄笔者始知自振。（《碧鸡漫志》）

胡寅说：

> 及眉山苏氏，一洗绮罗香泽之态，摆脱绸缪宛转之度，使人登高望远，举首高歌，而逸怀浩气，超然乎尘垢之外，于是花间为皂隶，而柳氏为舆台矣。（《酒边词序》）

宋词的风格是百花争艳、多姿多彩的，但大而言之，则有婉约和豪放两大创作流派。"东坡在玉堂。有幕士善讴。因问：'我词比柳词何如？'对曰：'柳郎中词，祇好十七八女孩儿，执红牙拍板，唱"杨柳岸晓风残月"；学士词，须关西大汉，执铁板，唱"大江东去"。'公为之绝倒。"（俞文豹《吹剑录》）这正描绘出两种词风的不同。但是，苏词豪放但不粗犷，而是情致旷达，意味韶秀。诚如周济所说："人赏东坡粗豪，吾赏东坡韶秀。韶秀是东坡佳处，粗豪则病也。"（《介存斋论词杂著》）王国维以"跌宕昭彰""抑扬爽朗"概括苏词的特点，强调了狂放旷达这一方面。但认为苏词对这种风格仅"略得一二"，又似乎估价过低。

姜夔是南宋重要词人。他精通音律，注重词法。他的词音调谐婉，辞句精美，虽深受周邦彦词的影响，但其清幽峭拔的风格又与周词有明显差别。张炎极为推崇姜词。他说："词要清空，不宜质实。清空则古雅峭拔，质实则凝涩晦昧。姜白石词如野云孤飞，去留无迹，……不惟清空，又且骚雅，读之使人神观飞越。"（《词源》）姜词多以低沉哀怨的调子，抒写个人幽独冷僻的情感思绪，颇有西风残蝉、暗雨冷蛩的气息。其长处和特色在于此，其缺点与不足也在于此。王国维以"韵趣高奇""嵯峨萧瑟"概括姜词的风格特点，其含意与清幽峭拔相近，也就是肯定姜词"格韵高绝"（参见第三十九条）。这里所说的"词义晦远"并不适用于姜词，王国维曾批评姜词"无言外之味，弦外之响。"（参见第四十二条）王国维借用前人的话来概括姜词风格，实难丝丝入扣。他对姜词总评价不高，认为他仅是二流词人(请参见有关各条评点)。

【三十二】

词之雅郑，在神不在貌。永叔、少游虽作艳语，终有品格。方之美成，便有淑女与倡伎之别。

译文

词的雅正淫靡，在于精神不在于外貌。欧阳修和秦观虽然也写艳丽的辞句，终归有品格。比起周邦彦词来，便有良家妇女和娼妓歌女的区别。

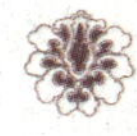

评点

周邦彦(1057—1121)，字美成，自号清真居士，北宋词人。这一条论周词与欧词、秦词品格之高下。请参见下一条评点。

【三十三】

美成深远之致不及欧、秦。惟言情体物，穷极工巧，故不失为第一流之作者。但恨创调之才多，创意之才少耳。

译文

周邦彦深远的情致比不上欧阳修和秦观。惟有抒情写景，极为工致精巧，所以仍然不失为第一流的词人。然而遗憾的是，创新曲调的才能多，创新词意的才能少。

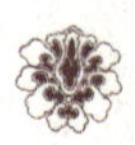

评点

这两条论周邦彦词，并对周词和欧词、秦词的品格进行比较。王国维认为周词淫靡，但却“言情体物，穷极工巧”，这是对于周词的思想内容持否定态度，而对其艺术成就则给予充分肯定。

历代词论家对周词的评价有分歧。多数词论家对周词给予很高评价。陈振孙说：“清真词多用唐人诗语檃括入律，浑然天成，长调尤善铺叙，富艳精工，词人之甲乙也。”（《直斋书录解题》）陈郁说：“美成自号清真，二百年来，以乐府独步。贵人、学士、市儇、妓女，皆知美成词为可爱。”（《藏一话腴》）沈义夫说：“凡作词当以清真为主。盖清真最为知音，且无一点市井气，下字运意，皆有法度，往往自唐宋诸贤诗句中来，而不用经史中生硬字面，此所以为冠绝也。”（《乐府指迷》）周济说：“清真，集大成者也。”（《宋四家词选目录序论》）陈廷焯说：“词至美成，乃有大宗，前收苏、秦之终，后开姜、史之始，自有词人以来，不得不推为巨擘。后之为词者，亦难出其范围。”（《白雨斋词话》）

但是，也有词论家在肯定周词的艺术成就的同时，却对其品格意趣有微词，甚至持完全否定态度。张炎说：“美成词只当看他浑成处，于软媚中有气魄，采唐诗融化如自己者，乃其所长，惜乎意趣却不高远。”（《词源》）刘熙载说：“周美成词，或称其无美不备。余谓论词莫先于品。美成词信富艳精工，只是当不得一个贞字。是以士大夫不肯学之，学之则不知终日意萦何处矣。”“周美成律最精审，史邦卿句最精炼，然未得为君子之词者，周旨荡而史意贪也。”（《艺概·词曲概》）王国维的看法与这种意见相近，并且明显受到刘熙载的影响。

其实，如果我们仔细阅读周词就会发现，文字是典雅的，情感的表达是含蓄的，尽管其思想内容不出男女情爱、相思别离、伤怀念远之类，但绝不能说不“贞”、“郑”，淫靡放荡。那么，刘熙载和王国维究竟是根据什么做出“周旨荡”、周词“郑”，如同“倡伎”的结论呢?我们知道，在宋人笔记中记载了不少周邦彦的风流韵事，并把这些和他的一些词联系起来。在这些记载中，周邦彦完全是一个寻花问柳的无行文人的形象。带着这样的有色眼镜读周词，自然会做出上述结论。后来，王国维对这些记载进行了认真的考辨，认识到纯属无稽之谈。这时，他对周邦彦及其词的评价发生了巨大变化。他认为周邦彦“立身颇有本末”，赞扬他的词“精工博大”，称他为“词中老杜”（请参见本书《人间词话附录》中的《清真先生遗事》）。

王国维对周词评价的变化对我们进行文学作品研究有着重要的启示。在研究文学作品时，知人论世，也就是了解作家所处的社会环境及其生平经历、立身行事是完全必要的。但所根据的材料必须翔实可靠，不能是捕风捉影的传闻。就是资料翔实可靠也不能简单地用来阐释作品，甚至机械地进行比附。应该注重我们的研究对象——作品本文，对本文进行审美的、艺术的分析和解读。这样才能避免人为地拔高、贬低和扭曲作品。

【三十四】

词忌用替代字。美成《解语花》之“桂华流瓦”，境界极妙。惜以“桂华”二字代月耳。梦窗以下，则用代字更多。其所以然者，非意不足，则语不妙也。盖意足则不暇代，语妙则不必代。此少游之“小楼连苑”“绣毂雕鞍”所以为东坡所讥也。

译文

词忌用替代字。周邦彦《解语花》词的“桂华流瓦”，境界极为美妙。可惜用“桂华”两个字代替“月”。吴文英以下的词人，就用代字更多了。之所以如此，不是文意不充实，就是文辞不巧妙。大概文意充实就来不及用代字，文辞巧妙就不必用代字。这就是秦观的“小楼连苑”“绣毂雕鞍”之所以被苏轼讥笑的原因。

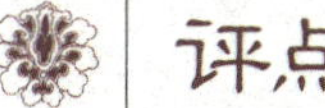

评点

吴文英(约1200—约1260)，字君特，号梦窗。南宋词人。这一条论及两首词。现转录于下：

解语花

元　宵

周邦彦

风销焰蜡，露浥洪炉，花市光相射。桂华流瓦。纤云散，耿耿素娥欲下。衣裳淡雅。看楚女，纤腰一把。箫鼓喧，人影参差，满路飘香麝。

因念都城放夜。望千门如昼，嬉笑游冶。钿车罗帕。相逢处，自有暗尘随马。年光是也。惟只见，旧情衰谢。清漏移、飞盖归来，从舞休歌罢。

水龙吟

秦　观

小楼连苑横空，上窥绣毂雕鞍骤。朱帘半卷，单衣初试，清明时候。破暖轻风，弄晴微雨，欲无还有。卖花声过尽，斜阳院落，红成阵、飞鸳甃。

玉佩丁东别后，怅佳期、参差难又。名缰利锁，天还知道，和天也瘦。花下重门，柳边深巷，不堪回首。念多情，但有当时皓月，向人依旧。

黄升《花庵词选》云："秦少游自会稽入京，见东坡。……(东坡)问别作何词，秦举'小楼连苑横空，下窥绣毂雕鞍骤'。坡云：'十三个字，只说得一个人骑马楼前过。'"这里，秦观以"绣毂"代车，以"雕鞍"代骑马的人。

这一条论替代字，请参见下条评点。

【三十五】

沈伯时《乐府指迷》云："说桃不可直说破桃，须用'红雨''刘郎'等字。咏柳不可直说破柳，须用'章台''灞岸'等字。"若惟恐人不用代字者。果以是为工，则古今类书具在，又安用词为耶?宜其为《提要》所讥也。

译文

沈义夫《乐府指迷》说："说桃不能直接点明桃，必须用'红雨''刘郎'等字代替。咏柳不能直接点明柳，必须用'章台''灞岸'等字代替。"好像惟恐人不用替代字。如果把这当成工巧，那么从古到今的类书都记载得清清楚楚，又何必作词呢?难怪他被《四库全书总目提要》所讥笑。

评点

沈义夫，字伯时，元代词论家。

这两条论词中运用替代字。所谓用替代字就是在描写某物时不直接点明某物而用另一词语代替。因为这一词语与某物有密切关系，读者可由这一词语自然联想到某物。周词"桂华流瓦"以"桂华"代月，是因为神话传说月中有桂树。之所以用"红雨""刘郎"代"桃"，是因为李贺诗有"桃花乱

落如红雨”，刘禹锡诗有“玄都观里桃千树，尽是刘郎去后栽。”“种桃道士今何在，前度刘郎今又来。”之所以用“章台”“灞岸”代“柳”，是因为韩翃诗有“章台柳，章台柳，往日依依今在否？”李白词有“年年柳色，灞陵伤别”，唐代长安人有送客到灞桥折柳赠别的习俗。可见，运用替代字在很大程度上就是运用典故。

王国维反对用替代字，主张艺术描写形象鲜明，逼真传神，“语语都在目前”。他认为运用替代字容易导致艺术形象朦胧迷离，甚至因为读者缺乏必要的文化素养而不知所云。沈义夫关于必须用替代字的主张是片面的。王国维对其加以批评，认为只要意足语妙就可以不用替代字都是正确的。然而，我们也不能因此根本反对在诗词中运用替代字。恰当地运用替代字和典故，可以增加辞语的信息量，引发读者丰富的联想和想象，从而拓宽作品的内蕴。当然，用得太多、太滥、太生僻，对于艺术表现是有害无益的。王国维赞扬“桂华流瓦”“境界极妙”，却又因为以“桂华”代“月”感到遗憾。在周词中，“桂华流瓦。纤云散，耿耿素娥欲下。”描绘出完美的境界。“桂华流瓦”，意思是月光似乎在屋瓦上流淌。“纤云散，耿耿素娥欲下”，意思是淡云消散，月光更加明亮，月宫中仙女(看到人间元宵美景)似乎也想飞降人间。这两句，不但写出了美好月色，而且引发读者关于月宫仙境的诗意联想。可见，用“桂华”代“月”，使境界更加美妙，更加富有浪漫意味。王国维大可不必感到遗憾。

【三十六】

美成《青玉案》词："叶上初阳干宿雨。水面清圆，一一风荷举。"此真能得荷之神理者。觉白石《念奴娇》、《惜红衣》二词，犹有隔雾看花之恨。

译文

周邦彦《青玉案》词："叶上初阳干宿雨。水面清圆，一一风荷举。"真正描绘出了荷花的神态。感到姜夔的《念奴娇》、《惜红衣》两首词，仍然好像隔雾看花，令人感到遗憾。

评点

这一条论及三首词，现转录于下：

苏幕遮

周邦彦

燎沉香，消溽暑。鸟雀呼晴，侵晓窥檐语。叶上初阳干宿雨。水面清圆，一一风荷举。　故乡遥，何日去。家住吴门，久作长安旅。五月渔郎相忆否。小楫轻舟，梦入芙蓉浦。

念奴娇

姜夔

予客武陵，湖北宪治在焉。古城

野水，乔木参天，予与二三友日荡舟其间，薄荷花而饮。意象幽闲，不类人境。秋水且涸，荷叶出地寻丈，因列坐其下，上不见日。清风徐来，绿云自动，间于疏处窥见游人画船，亦一乐也。朅来吴兴，数得相羊荷花中。又夜泛西湖，光景奇绝。故以此句写之。

闹红一舸，记来时尝与鸳鸯为侣。三十六陂人未到，水佩风裳无数。翠叶吹凉，玉容销酒，更洒菰蒲雨。嫣然摇动，冷香飞上诗句。　日暮青盖亭亭，情人不见，争忍凌波去。只恐舞衣寒易落，愁入西风南浦。高柳垂阴，老鱼吹浪，留我花间住。田田多少，几回沙际归路。

惜红衣

姜夔

吴兴号水晶宫，荷花盛丽。陈简斋云："今年何以报君恩？一路荷花相送到青墩。" 亦可见矣。丁未之夏，予游千岩，数往来红香中，自度此曲，以无射宫歌之。

簟枕邀凉，琴书换日，睡余无力。细洒冰泉，并刀破甘碧。墙头唤酒，谁问讯城南诗客。岑寂、高柳晚蝉，说西风消息。　虹梁水陌，鱼浪吹香，红衣半狼藉。维舟试望，故国渺天北。可惜渚边沙外，不共美人游历。问甚时同赋，三十六陂秋色。

这一条和第三十九条，主要论姜夔写景词。请参见第三十九条评点。

暢音閣

【三十七】

东坡《水龙吟》咏杨花，和韵而似元唱。章质夫词原唱而似和韵。才之不可强也如是。

译文

苏轼《水龙吟》咏杨花，虽然是和韵却像原唱。章楶词虽然是原唱，然而却像和韵。才能的高低不可强求由此可见。

评点

章楶，字质夫，北宋词人。现将他的《水龙吟》和苏轼的和韵词转录于下：

水龙吟

章 楶

燕忙莺懒花残，正堤上、柳花飘坠。轻飞乱舞，点画青林，全无才思。闲趁游丝，静临深院，日长门闭。傍珠帘散漫，垂垂欲下，依前被、风扶起。

兰帐玉人睡觉，怪春衣、雪霑琼缀。绣床渐满，香毬无数，才圆却碎。时见蜂儿，仰黏轻纷，鱼吞池水。望章台路杳，金鞍游荡，有盈盈泪。

水龙吟

次韵章质夫杨花词

苏 轼

似花还似非花，也无人惜从教坠。抛家傍路，思量却是，无情有思。萦损柔肠，困酣娇眼，欲开还闭。梦随风万里，寻郎去处。又还被、莺呼起。

不恨此花飞尽，恨西园、落红难缀。晓来雨过，遗踪何在，一池萍碎。春色三分，二分尘土，一分流水。细看来，不是杨花，点点是离人泪。

这一条论章楶词和苏轼和韵词的高低优劣。和韵，就是用原韵和他人诗词。次韵是和韵的一种形式。唐代诗人元稹和白居易、皮日休和陆龟蒙多有和韵之作，到宋代之后更为盛行。诗如此，词亦然。和韵在形式上的要求相当严格，尤其是次韵(也叫步韵)，不但要用所和作品的原韵原字，而且先后次序也必须相同。这就给思想感情的表达和抒发带来很大限制。为了符合次韵的形式要求，难免以辞害义。所以，严羽说："和韵最害人诗。"(《沧浪诗话》)

但是，艺术本身就是带着镣铐跳舞。没有形式规范也就没有艺术。对于天才高绝、技巧纯熟的艺术家，他既能严格遵循艺术形式的规范，又能充分获得艺术表现的自由，"出新意于法度之中，寄妙理于豪放之外。"(苏轼语)芭蕾艺术女演员的足尖技巧有严格的规范和

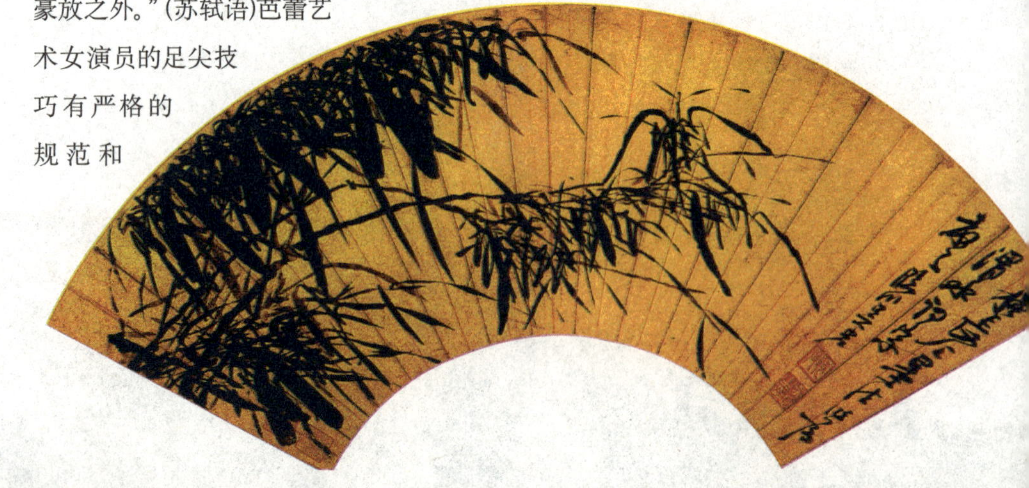

限制。但是，杰出舞蹈家的舞步，如行云，如流水，舒卷自如，姿态横生。这是艺术的化境，是自由与必然的统一。苏轼这首和韵词就是如此。“此首咏杨花，遗貌取神，压倒古今。”“一气连贯，文笔空灵。”(唐圭璋《唐宋词简释》)这首词明写杨花神态，暗寓思妇情怀，状物惟妙惟肖，抒情思致深沉，虽是一首和作，但丝毫没有牵就原作用韵的痕迹，信笔挥洒，浑然而就。应该承认，章词也是一首优秀的咏物词，但他侧重描绘杨花的情态。苏词则自出新意，状物和抒情融浑无迹，创造出空灵飞动而又缠绵哀怨的境界。从总体上看，苏词高于章词。“和韵而似元唱”，“元唱而似和韵”，正表现出艺术才能的高下。其实，我们读毛泽东的《浣溪沙》(和柳亚子先生)以及柳亚子的原作，也有这种“和韵而似元唱”，“元唱而似和韵”的感觉，也难免要发“才之不可强也如是”之叹。

最后，还应说明一个小问题。章词前两句“燕忙莺懒花残。正堤上、柳花飘坠。”“柳花”即“柳絮”。随后三句“轻飞乱舞，点画青林，全无才思。”出处是韩愈《晚春》诗：“杨花榆荚无才思，惟解漫天作雪飞。”这分明又是咏杨花。章楶似乎是把柳絮和杨花混为一谈。苏轼把章词称之为“杨花词”，似乎对此也表示默认。把杨花和柳絮当成一种东西，这岂不错了?错是错了，然而，事出有因。杨、柳同科而异属，其种子均成白絮飞散。在古诗文中，杨、柳常通用，垂柳亦称垂杨、垂杨柳。(《水浒》中就有鲁智深倒拔垂杨柳)杨花和柳絮因其形态相近，又都在暮春时节飞扬于空中，因此常常通用，甚至被误认为是一种东西。章、苏二人就是如此。古代诗人以审美的眼光观照世间万物，暮春时节纷纷扬扬漫天飞舞的杨花和柳絮，往往触动他们的情怀思绪，摄取为他们笔下的美的意象。杜甫有“落絮游丝亦有情”，刘禹锡有“春尽絮飞留不得”，皇甫松有“桃花柳絮满江城”，顾敻有“教人梦魂逐杨花”，冯延巳有“撩乱春愁如柳絮”，张先有“无数杨花过无影”。这些都是描绘杨花、柳絮的精美诗句。而咏杨花、柳絮的绝唱，则是章、苏二词。当然，苏词更胜一筹。他们都没有认真研究杨花和柳絮究竟是一种东西还是两种东西。或许，这正是以审美的方式还是以科学的方式把握世界的不同之处吧?当然，如果从植物学的观点看，杨花和柳絮是不能混为一谈的。

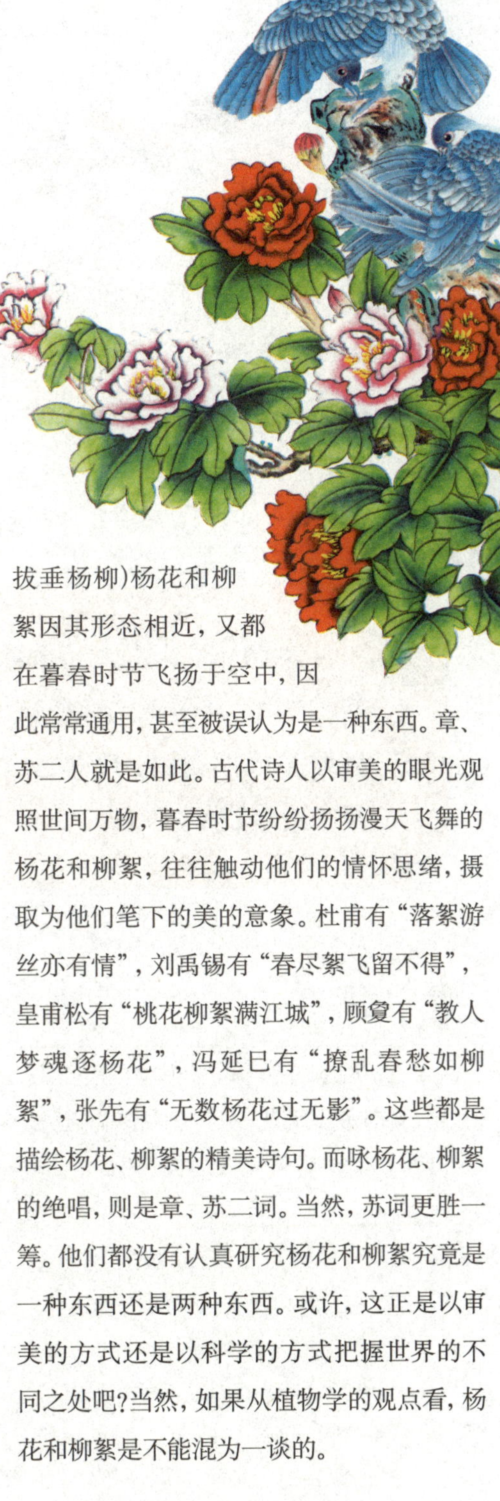

【三十八】

咏物之词，自以东坡《水龙吟》为最工，邦卿《双双燕》次之。白石《暗香》、《疏影》，格调虽高，然无一语道着，视古人“江边一树垂垂发”等句何如耶？

译文

咏物词，自然是以苏轼《水龙吟》最工致，史达祖《双双燕》次之。姜夔的《暗香》、《疏影》，格调虽高，却没有一句话描绘得鲜明传神，比起古人的“江边一树垂垂发”等诗句，其高下又怎样呢？

评点

史达祖，字邦卿，号梅溪，南宋词人。这一条论及四首词、一首诗，除苏轼《水龙吟》已见前条评点外，现将另外四首转录于下：

双双燕

咏　燕

史达祖

过春社了，度帘幕中间，去年尘冷。差池欲往，试入旧巢相并，还相雕梁藻井。又软语商量不定。飘然快拂花梢，翠尾分开红影。　芳径。芹

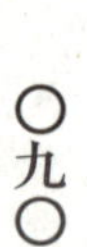

泥雨润。爱贴地争飞，竞夸轻俊。红楼归晚，看足柳昏花暝。应自栖香正稳。便忘了，天涯芳信。愁损翠黛双娥，日日画阑独凭。

暗　香

姜　夔

辛亥之冬，予载雪诣石湖。止既月，授简索句，且徵新声。作此两曲，石湖把玩不已，使工妓隶习之，音节谐婉，乃名之曰暗香、疏影。

旧时月色，算几番照我，梅边吹笛。唤起玉人，不管清寒与攀摘。何逊而今渐老，都忘却春风词笔。但怪得竹外疏花，香冷入瑶席。　江国，正寂寂。叹寄与路遥，夜雪初积。翠尊易泣，红萼无言耿相忆。长记曾携手处，千树压西湖寒碧。又片片、吹尽也，几时见得。

疏　影

姜　夔

苔枝缀玉，有翠禽小小，枝上同宿。客里相逢，篱角黄昏，无言自倚修竹。昭君不惯胡沙远，但暗忆、江南江北。想佩环、月夜归来，化作此花幽独。　犹记深宫旧事，那人正睡里，飞近蛾绿。莫似春风，不管盈盈，早与安排金屋。还教一片随波去，又却怨、玉龙哀曲。等恁时，重觅幽香，已入小窗横幅。

和裴迪登蜀州东亭送客逢早梅相忆见寄

杜 甫

东阁官梅动诗兴，还如何逊在扬州。此时对雪遥相忆，送客逢春可自由。幸不折来伤岁暮，若为看去乱乡愁。江边一树垂垂发，朝夕催人自白头。

这一条和第三十六条、第三十九条主要论姜夔写景词和咏物词，请参见第三十九条评点。

【三十九】

白石写景之作，如“二十四桥仍在，波心荡、冷月无声。”“数峰清苦，商略黄昏雨。”“高树晚蝉，说西风消息。”虽格韵高绝，然如雾里看花，终隔一层。梅溪、梦窗诸家写景之病，皆在一“隔”字。北宋风流，渡江遂绝，抑真有运会存乎其间耶？

译文

姜夔的写景词，比如“二十四桥仍在，波心荡、冷月无声。”“数峰清苦，商略黄昏雨。”“高树晚蝉，说西风消息。”虽然格调高超音韵谐婉，然而却像雾里看花，终隔一层。史达祖、吴文英等词人写景的弊病，都在于一个“隔”字。北宋词人的流风余韵，到南宋就荡然无存了，也许真是时势风习所决定的吧？

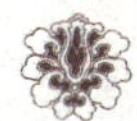

评点

这一条论及三首词。“高树晚蝉，说西风消息”是《惜红衣》中的句子。这首词请参见第三十六条评点。现将另外两首词转录于下：

扬州慢

姜 夔

淳熙丙申至日，予过维扬。夜雪初霁，荠麦弥望。入其城则四顾萧条，寒水自碧。暮色渐起，戍角悲吟。予怀怆然，感慨今昔，因自度此曲。千岩老人以为有黍离之悲也。

淮左名都，竹西佳处。解鞍少驻初程。过春风十里，尽荠麦青青。自胡马窥江去后，废池乔木，犹厌言兵。渐黄昏，清角吹寒，都在空城。 杜郎俊赏，算而今重到须惊。纵豆蔻词工，青楼梦好，难赋深情。二十四桥仍在，波心荡、冷月无声。念桥边红药，年年知为谁生？

点绛唇

丁未过吴松作

姜 夔

燕雁无心，太湖西畔随云去。数峰清苦，商略黄昏雨。 第四桥边，拟共天随住。今何许，凭阑怀古，残柳参差舞。

这一条和第三十六条、第三十八条论姜夔写景词和咏物词。王国维认为，姜夔的写景词和咏物词虽然“格韵高绝”，但却做不到摹写物态得其“神理”，因而“如雾里看花，终隔一层”，“犹有隔雾看花之恨”。

所谓“格韵高绝”，“格”指格调，“韵”指音韵，意思是格调高、音韵美，既风格清幽峭拔、清空灵动，又音调谐婉、辞句精美（参见第三十一条评点）。王国维认为，这是姜词的成功之处。这种见解和前代词论家的看法大体一致。刘熙载说：“姜白石词幽韵冷香，令人挹之无尽。拟诸形容，在乐则琴，在花则梅也。”（《艺概·词曲概》）陈廷焯说：“白石词，以清虚为体，而时有阴冷处，格调最高。”（《白雨斋词话》）“格韵高绝”与“幽韵冷香”，“格调最高”提法相通或相似。

但是，王国维认为姜词缺乏对物象和景物的形象具体、逼真传神的描绘。《暗香》《疏影》虽被称为咏梅名作，《念奴娇》《惜红衣》虽被称为咏荷名作，但只有“疏花”“红萼”“青盖亭亭”，“田田多少”等泛泛的词语，《扬州慢》《点绛唇》的写景则给人以朦胧迷离之感。对比之下，周邦彦《青玉案》写荷花，苏轼《水龙吟》咏杨花和史达祖《双双燕》咏燕，却都极妍尽态，形神俱似。“叶上初阳干宿雨。水面清圆，一一风荷举”，“得荷之神理”；“似花还似非花”，只能是杨花柳絮不得移咏他花；“又软语，商量不定”写燕语呢喃；“飘然快拂花梢，翠尾分开红影”写燕飞轻俏，均可称神来之笔。这种艺术描写，恰恰是姜词所不具备的。通过对姜词的评论，可以看出，王国维倡导艺术形象描绘鲜明生动，不赞赏形象朦胧迷离。简言之，在“隔”与“不隔”，或“隐”与“显”之间，王国维明显地肯定“不隔”或“显”。

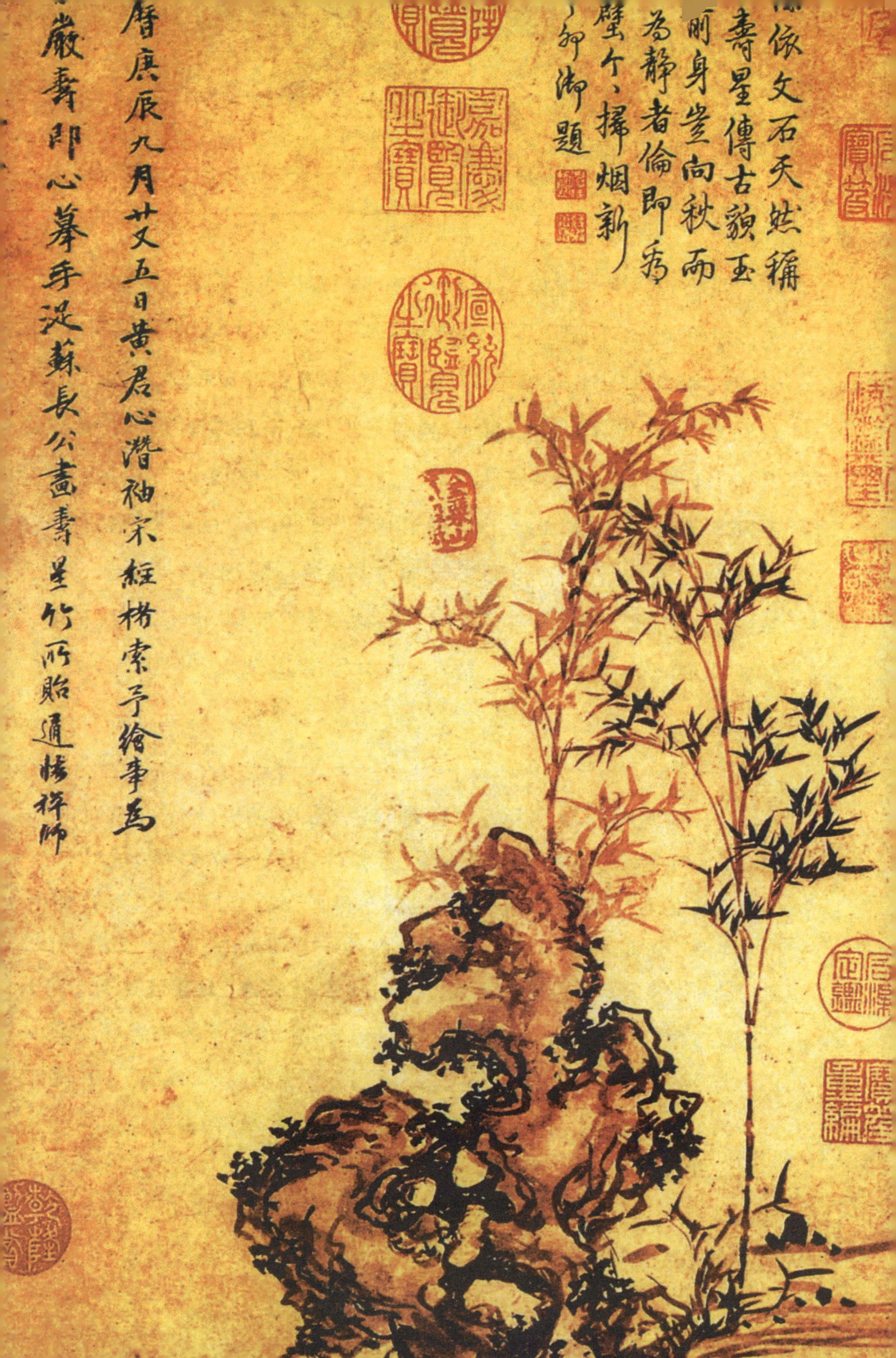
依文石天然稱
壽星傳古額玉
明身豈向秋而
爲靜者倫即秀
璧个个掃烟新
御題
曆庚辰九月廿五日黄君心潛袖宋絟楮索予繪事焉
歲壽即心摹手從蘇長公畫壽星竹所貽

【四十】

问"隔"与"不隔"之别。曰：陶、谢之诗不隔，延年则稍隔矣。东坡之诗不隔，山谷则稍隔矣。"池塘生春草"，"空梁落燕泥"等二句，妙处惟在不隔。词亦如是。即以一人一词论。如欧阳公《少年游》咏春草上半阕云："阑干十二独凭春，晴碧远连云。千里万里，二月三月，行色苦愁人。"语语都在目前，便是不隔。至云："谢家池上，江淹浦畔。"则隔矣。白石《翠楼吟》："此地。宜有词仙，拥素云黄鹤，与君游戏。玉梯凝望久，叹芳草、萋萋千里。"便是不隔。至"酒祓清愁，花消英气。"则隔矣。然南宋词虽不隔处，比之前人，自有浅深厚薄之别。

译文

请问"隔"与"不隔"的区别。回答说：陶渊明、谢灵运的诗不隔，颜延之的诗就稍微有些隔。苏轼的诗不隔，黄庭坚的诗就稍微有些隔。"池塘生春草"，"空梁落燕泥"这两句诗，妙处只在于不隔。词也是如此。就以一位词人的一首词而论，比如，欧阳修的《少年游》咏春草上半阕："阑干十二独凭春，晴碧远连云。千里万里，二月三月，行色苦愁人。"句句所描写的景物都浮现于眼前，便是不隔。到后面说："谢家池上，江淹浦畔。"就隔了。姜夔的《翠楼吟》："此地。宜有词仙，拥素云黄鹤，与君游戏。玉梯凝望久，叹芳草、萋萋千里。"便是不隔。到"酒祓清愁，花消英气。"就隔了。然而南宋词即使不隔的地方 ，比起前代词人来，也自有深浅厚薄的区别。

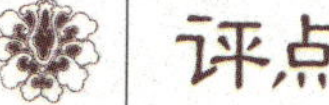

评点

谢灵运(385—433)，南朝宋诗人。颜延之(384—456)，字延年，南朝宋诗人。黄庭坚(1045—1105)，字鲁直，号山谷道人，北宋诗人。“池塘生春草”见谢灵运《登池上楼》。“空梁落燕泥”见薛道衡《昔昔盐》。这一条论及两首词，一首是欧阳修的《少年游》，请参见第二十三条评点。另一首转录于下：

翠楼吟

姜　夔

淳熙丙午冬，武昌安远楼成，与刘去非诸友落之，度曲见志。予去武昌十年，故人有泊舟鹦鹉洲者，闻小姬歌此词，问之，颇能道其事。还吴，为予言之。兴怀昔游，且伤今之离索也。

月冷龙沙，尘清虎落，今年汉酺初赐。新翻胡部曲，听毡幕元戎歌吹。层楼高峙，看槛曲萦红，檐牙飞翠。人姝丽，粉香吹下，夜寒风细。　此地。宜有词仙，拥素云黄鹤，与君游戏。玉梯凝望久，叹芳草、萋萋千里。天涯情味。仗酒祓清愁，花消英气。西山外。晚来还卷，一帘秋霁。

这一条和第四十一条、第五十六条，都是论“隔”与“不隔”，请参见第五十六条评点。

【四十一】

"生年不满百，常怀千岁忧。昼短苦夜长，何不秉烛游。""服食求神仙，多为药所误。不如饮美酒，被服纨与素。"写情如此，方为不隔。"采菊东篱下，悠然见南山。山气日夕佳，飞鸟相与还。""天似穹庐，笼盖四野。天苍苍。野茫茫。风吹草低见牛羊。"写景如此，方为不隔。

译文

"生年不满百，常怀千岁忧。昼短苦夜长，何不秉烛游。""服食求神仙，多为药所误。不如饮美酒，被服纨与素。"写情像这样，才算不隔。"采菊东篱下，悠然见南山。山气日夕佳，飞鸟相与还。""天似穹庐，笼盖四野。天苍苍。野茫茫。风吹草低见牛羊。"写景像这样，才算不隔。

评点

在这一条里，"生年不满百"四句见《古诗十九首(之十五)》，"服食求神仙"四句见《古诗十九首(之十三)》。"采菊东篱下"四句见陶潜《饮酒二十首(之五)》，"天似穹庐"五句见《敕勒歌》。

这一条和第四十条、第五十六条都是论"隔"与"不隔"，请参见第五十六条评点。

【四十二】

古今词人格调之高，无如白石。惜不于意境上用力，故觉其无言外之味，弦外之响，终不能与于第一流之作者也。

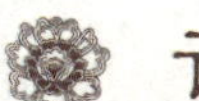

译文

从古到今的词人，若论格调高绝，没有比得上姜夔的。可惜他不在意境上用力气，所以感到他的作品缺乏言外之味、弦外之音，终究不能进入第一流词人的行列。

评点

王国维在第三十一、三十六、三十八、三十九、四十条均论及姜词。这一条总结以上各条，除仍然肯定姜词格调高绝之外，进一步探讨姜词给人以隔雾看花之感的原因。王国维认为，根本原因在于不重视意境的创造，没有描绘出情景交融的境界。这也就必然缺乏悠远深长的韵味。这实际上是认为，姜词既缺乏深切真挚的情感抒发，也缺乏鲜明生动的形象描绘。周济说："白石词如明七子诗，看是高格响调，不耐人细思。"(《介存斋论词杂著》)王国维的看法与此相近。

姜词多是以低沉哀怨的声调抒写个人幽独冷僻的情感思绪，既没有沉痛深挚的国破家亡之痛，也没有凄楚愤懑的个人身世之感，而仅仅是一种淡淡的忧伤。所以，就情感的抒发而言，姜词不过是浅愁薄恨，给人以惝恍浮泛之感(不过，他的恋情词是例外)。王国维所说的"隔"，可能包含着对这一方面的批评。这种批评是中肯的。但是，他对姜词形象描绘方面的批评则是可以进一步斟酌的。王国维赞赏形象鲜明的作品，而对朦胧迷离的作品则有所贬低。

这种审美取向积淀着中国美学和文艺理论的悠久传统。中国古代美学和文艺理论家十分强调艺术形象的鲜明生动。汉儒论诗所提出的"赋比兴"三义已经表现出对艺术形象性的重视。钟嵘以“指事造形，穷情写物，最为详切”概括五言诗的特点，并倡导“直寻”和“自然英旨”(《诗品序》)。苏轼以“诗中有画”，“画中有诗”说明王维诗画的特点，强调诗歌写景应如绘画一样形象逼真，当然也要求绘画表情应如诗歌一样深长悠远。叶燮说：“画者，天地无声之诗；诗者，天地无色之画。”(《赤霞楼诗集序》)王国维倡导“语语都在目前”，批评“如雾里看花，终隔一层”，正体现出这种审美取向。

然而，我们也应该注意到，中国古代诗词的意境并非只有形象鲜明一种类型。有的诗词的意境朦胧迷离，空灵飞动。李商隐诗和姜夔词就是其典型。这种作品同样受到广大读者的激赏。冯浩论李商隐诗说：“总因不肯吐一平直之语，幽咽迷离，或彼或此，忽断忽续，所谓善于埋设意绪者。”(《玉谿生诗集笺注》)陈廷焯论姜夔词说：“清虚骚雅，每于伊郁中饶蕴藉。”“感慨全在虚处，无迹可寻。”(《白雨斋词话》)所谓“幽咽迷离”“全在虚处”，正指出了其诗词意境朦胧迷离、空灵飞动的特点。这种类型的意境，往往能引发读者丰富的联想和想象，以致于提供了进行多种解读和阐释的可能性。持平而论，两种类型的意境各有所长也各有所短。形象鲜明者逼真如画，但易于失之浅露；朦胧迷离者婉曲蕴藉，但易于失之晦涩。姜词既有晦涩的毛病，更有情感的深度和力度不够的毛病。但我们不能因此贬低意境朦胧迷离的作品的价值。王国维对姜词的批评是有道理，但因此对“隔”，即意境朦胧迷离持否定态度则是片面的。

【四十三】

南宋词人，白石有格而无情，剑南有气而乏韵。其堪与北宋人颉颃者，惟一幼安耳。近人祖南宋而祧北宋，以南宋之词可学，北宋不可学也。学南宋者，不祖白石，则祖梦窗，以白石、梦窗可学，幼安不可学也。学幼安者率祖其粗犷、滑稽，以其粗犷、滑稽处可学，佳处不可学也。幼安之佳处，在有性情，有境界。即以气象论，亦有“横素波、干青云”之概，宁后世龊龊小生所可拟耶？

译文

南宋词人，姜夔格调高然而没有情致，陆游有气势然而缺乏韵味，其中能够和北宋词人相抗衡的，只有辛弃疾一人。近年的词人尊崇南宋而疏远北宋，以为南宋词可以学，北宋词不可学。学习南宋的词人，不尊崇姜夔，就尊崇吴文英，以为姜夔、吴文英可以学，辛弃疾不可学。即使是学辛弃疾的，也大多效法他的粗犷、滑稽，以为他的粗犷、滑稽处可以学，长处不可学。辛弃疾的长处，在于有性情，有境界。就是只以气象而论，也有“横素波而傍流，干青云而直上”的气概，这难道是后世品格低下的小子所能比拟的吗？

评点

陆游(1125—1210)，字务观，号放翁，南宋诗人、词人。有《剑南诗稿》《渭南文集》。辛弃疾(1140—1207)，字幼安，号稼轩，南宋词人。“横素波而傍流，干青云而直上”出于萧统《陶渊明集序》。

这一条论辛弃疾词。王国维认为，辛弃疾是惟一能与北宋名家相抗衡的杰出的南宋词人，其成就高于姜夔、陆游、吴文英等人，并且批评清代词人和词论家推崇姜夔、吴文英，贬低和曲解辛词的不良倾向。“有性情，有境界”，“有‘横素波、干青云’之概”，是说辛词出自至性真情，能够创造境界，表现出高洁的襟怀和远大的志向。王国维高度评价辛词的成就。

经过晚唐五代的发展和积累，词在宋代灿然放万丈之光焰，名家辈出，流派纷呈。元明两代，词坛较为沉寂。自明末清初起，词的创作呈中兴态势。杰出的满族词人纳兰性德崛起于清初词坛，但被奉为正宗的则是以朱彝尊为创始人和领袖的浙西词派。浙西词派提倡醇雅，宗法南宋，以姜夔词为创作典范，排斥辛弃疾的豪放词风，其末流不免失之雕琢、堆砌和肤浅。与浙西词派并立于词坛的，是以陈维崧为创始人的阳羡派。陈维崧词格近于辛弃疾，但却雄爽有余而沉郁不足。阳羡末流更不免粗犷叫嚣之弊。清中叶后，以张惠言、周济为代表的常州词派继之而起。他们以“意内言外”解词，强调比兴寄托，力宗北宋，但对姜夔、吴文英等人仍然相当推崇，对辛弃疾仍缺乏全面公正的评价。不过，周济到了晚年，看法有所改变。王国维在这里所批评的“祖南宋而祧北宋”，“不祖白石，则祖梦窗”，“学幼安者率祖其粗犷、滑稽”，正是针对浙西词派、阳羡词派和常州词派的流弊。

【四十四】

东坡之词旷，稼轩之词豪。无二人之胸襟而学其词，犹东施之效捧心也。

译文

苏轼词旷达，辛弃疾词豪放。没有他们两个人的胸襟气度而学习他们的词，就好像东施模仿西施捂心口皱眉头一样。

评点

东施效捧心，即东施效颦。《庄子·天运》："西施病心而矉其里，其里之丑人见之而美之，归亦捧心而矉其里。"意思是说：美女西施心口疼（"病心"），在村里皱着眉头（"矉"），邻里的丑女看到觉得姿态很美，回去也在村里捂着心口（"捧心"）皱着眉头。这个丑女，后世称之为东施。东施效颦是机械地、仅仅从外在形式上模仿别人的意思。

这一条对苏轼和辛弃疾的词风进行对比。刘熙载说："东坡词具神仙出世之姿。""稼轩词龙腾虎掷"。"稼轩豪杰之词"。（《艺概·词曲概》）王国维的看法与之相近。请参见第四十六条评点。

【四十五】

读东坡、稼轩词，须观其雅量高致，有伯夷、柳下惠之风。白石虽似蝉蜕尘埃，然终不免局促辕下。

译文

读苏轼、辛弃疾词，必须看到他们广阔的胸怀高远的情致，有伯夷、柳下惠的风度。姜夔虽然貌似超脱尘世，然而终究左顾右盼、局促不安。

评点

伯夷，殷孤竹君之子。柳下惠，春秋时鲁人。孟子称伯夷为“圣之清者”（圣人之中清高的人），柳下惠是“圣之和者”（圣人之中随和的人）。在封建社会中，他们都被视为高风亮节之士。

这一条肯定苏、辛词的“雅量高致”，认为姜夔词只是貌似超脱尘世，有故作高雅之嫌。请参见第四十六条评点。

【四十六】

苏、辛，词中之狂。白石，犹不失为狷。若梦窗、梅溪、玉田、草窗、西麓辈，面目不同，同归于乡愿而已。

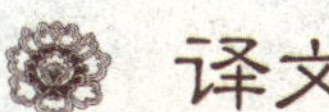

译文

苏轼、辛弃疾，是词人中的狂者。姜夔，还不失为狷者。像吴文英、史达祖、张炎、周密、陈允平这些词人，虽然表现形式不同，却都不过是乡愿而已。

评点

张炎(1248—?)字叔夏，号玉田，南宋词人。周密(1232—约1298)，字公谨，号草窗，南宋词人。陈允平(1205?—1285?)，字君特，号西麓，南宋词人。

孔子按思想品格的高下把人分为三种类型：狂者、狷者和乡愿。孔子说："狂者进取。"(《论语·子路》)狂者是激进的人，富有进取精神的人。孔子说："狷者，有所不为也。"(《论语·子路》)狷者是虽能独善其身但缺乏进取精神的人。孔子说："乡愿，德之贼也。"(《论语·阳货》)乡愿是品格低下，同流合污的人。

第四十四、四十五和这一条，王国维对于苏轼、辛弃疾和姜夔以及吴文英等词人进行对比。王国维是以他们词的思想品格、思想境界的高低论优劣。他认为，苏词"旷"，即旷达，狂放不羁，超脱尘俗，襟怀磊落，心地澄澈。辛词"豪"，即豪放，气势雄浑，慷慨激昂，忧国忧民，沉郁悲壮。苏、辛词的"雅量高致"是姜夔和南宋诸名家所不可企及的。进一步，王国维认为姜夔与吴文英等南宋词人在思想品格方面仍有高下之别。姜词虽不及苏、辛，但格调高绝，音韵谐婉，虽未达"狂"，犹不失为"狷"。这实际上是肯定姜词仍然表现出比较高远的思致情怀。对于吴文英等南宋名家，王国维一概斥之为"乡愿"，完全否定其作品的思想价值。实际上，南宋诸名家的词作，不少表现了或浓或淡或隐或显的家国之思或亡国之恨，在艺术上也程度不同的有所创新，不应全盘否定。

【四十七】

稼轩中秋饮酒达旦，用《天问》体作《木兰花慢》以送月，曰："可怜今夕月，向何处、去悠悠？是别有人间，那边才见，光景东头。"词人想象，直悟月轮绕地之理，与科学家密合，可谓神悟。

译文

辛弃疾中秋之夜饮酒直到天明，用《天问》体作《木兰花慢》以送月。词里说："可怜今夕月，向何处、去悠悠？是别有人间，那边才见，光景东头。"词人丰富的想象，直接领悟到月球围绕地球旋转的道理，和科学家的看法完全一致，真可以说是神悟。

评点

辛弃疾送月词全文如下：

木兰花慢

中秋饮酒将旦，客谓前人诗词有赋待月，无送月者，因用《天问》体赋。

可怜今夕月，向何处、去悠悠？是别有人间，那边才见，光景东头？是天外，空汗漫，但长风浩浩送中秋？飞镜无根谁系？姮娥不嫁谁留？　谓经海底问无由，恍惚使人愁。怕万里长

鲸，纵横触破，玉殿琼楼。蝦蟆故堪浴水，问云何玉兔解沉浮？若道都齐无恙，云何渐渐如钩？

这首词构思奇特，想象瑰丽，把对天宇的探索和神话传说熔为一炉，自出新境，从而在词史上独树一帜。

屈原《天问》中对月有二问："夜光何德，死则又育？厥利维何，而顾菟在腹？"(意思是：月亮有什么德性，它死(晦)后又能复生(明)？蟾蜍在它的腹中，对它又有什么好处？)而辛弃疾这首词，则对月提出九问。

"可怜今夕月，向何处、去悠悠？"是一问，意思是：中秋之月团圆皎洁惹人爱，月亮悠悠西行，将行向何处？"是别有人间，那边才见，光景东头？"是二问，意思是：难道是(西天极处)别有人间，(月亮从这边西落)又从那边东升？"是天外，空汗漫，但长风浩浩送中秋"？是三问，意思是：太空浩渺无际，月亮是否凭借这浩浩秋风的吹送运行？"飞镜无根谁系？"是四问，意思是：是谁将无根的月亮系住？"姮娥不嫁谁留？"是五问，意思是：月中嫦娥千年不嫁，又是谁将她留下？"谓经海底问无由，恍惚使人愁。"是六问，意思是：听说月亮西经海底重返东方(究竟是真是假)，让人迷离恍惚。"怕万里长鲸，纵横触破，玉殿琼楼。"是七问，意思是：(如果月亮真正西经海底重返东方，)那么月亮怎能不被恣意纵横的万里长鲸冲破撞坏？"蝦蟆故堪浴水，问云何玉兔解沉浮？"是八问，意思是：月中的蟾蜍(蝦蟆)当然会游水，然而月中的玉兔又怎能在水中自由沉浮？"若道都齐无恙，云何渐渐如钩？"是九问，意思是：如果说月中一切(经过海底时)都安然无恙，为什么(一轮圆月)又渐渐变成银钩似的新月？

屈原两问，一是月亮为什么有晦明变化，二是对月中有蟾蜍提出质疑。而辛弃疾的九问则更加深广。前四问包括：地球的另一边是否"别有人间"？月球是否绕地球运行，从此间西方落下，又从彼间东方升起？正如王国维所说，"词人想象，直悟月轮绕地之理。"其实还不仅如此。辛弃疾还进一步提问：是什么力量推动着月球运行？显然，他对"长风浩浩"吹送月球深表怀疑，甚至猜测有一种未知的力量将月球"系"住。后五问，辛弃疾对月亮上有玉殿琼楼、嫦娥、玉兔、蟾蜍深表怀疑。这实际上是对月球西经海底重返东方深表怀疑。

中国古代的宇宙结构学说浑天说认为，天是一个球体，地球在其中就像蛋黄在鸡蛋内部一样。而地球，则是浮在水上，日月五星均附丽在天球上运行。辛弃疾对这种学说提出了大胆的质疑，并且猜测地球另一面"别有人间"，月球绕地球运行，设想某种未知的力量维系着月球的运行，表现出天才的领悟和大胆探索精神。王国维把这一点明确揭示出来。可谓别具只眼。这是从现代科学的全新视角对辛弃疾送月词的解读。

【四十八】

周介存谓：“梅溪词中，喜用‘偷’字，足以定其品格。”刘融斋谓：“周旨荡而史意贪。”此二语令人解颐。

译文

周济说：“史达祖词里，喜欢用‘偷’字，这就足以评定他的品格了。”刘熙载说：“周邦彦感情放荡，而史达祖意趣贪婪。”这两句话不禁令人失笑。

评点

周济语，见其《介存斋论词杂著》。刘熙载语见其《艺概·词曲概》。史达祖词中喜用“偷”字，如“做冷欺花，将烟困柳，千里偷催春暮。”（《绮罗香　咏春雪》）“巧沁兰心，偷沾花甲，东风欲障春暖。”（《东风第一枝　春雪》）“讳道相思，偷理绡裙，自惊腰衩。”（《三姝媚》）“轻衫未揽，犹将泪点偷藏。”（《夜合花》）等。南宋权臣韩侂胄当国时，史达祖为堂吏，颇擅权，一时士大夫无廉耻者皆奔走其门下。侂胄败，史遭黥刑，且以贬死。所谓“史意贪”，实指其倚势弄权，狐假虎威，贪得无厌，人品低下。

周济和刘熙载的话，尤其是周济那句话，说得很俏皮，所以王国维说“令人解颐”。他们的意思是，由于二人人品不高，词品自然也不高。王国维对此并未明确表态。但是，他对周词和史词的艺术成就都是肯定和赞扬的。可见，他并没有把人品和词品简单地等同起来。

【四十九】

介存谓：梦窗词之佳者，如“水光云影，摇荡绿波，抚玩无极，追寻已远。”余览《梦窗甲乙丙丁稿》中，实无足当此者。有之，其“隔江人在雨声中，晚风菰叶生秋怨”二语乎？

译文

周济认为，吴文英词的优秀作品，好像“水光云影，碧波荡漾，赏玩无厌，追寻已远。”我看《梦窗甲乙丙丁稿》中，实在没有当得起这种评语的。如果说有的话，那也不过是“隔江人在雨声中，晚风菰叶生秋怨”两句吧？

评点

引语见周济《介存斋论词杂著》，“无极”，应为“无斁”。斁：厌弃。“隔江人在雨声中，晚风菰叶生秋怨”两句，出于吴文英《踏莎行》(润玉笼绡)。

这一条论吴文英词，请参见第五十条。

【五十】

梦窗之词，吾得取其词中之一语以评之，曰：“映梦窗凌乱碧。”玉田之词，余得取其词中之一语以评之，曰：“玉老田荒。”

译文

吴文英词，我可以摘取他词里的一句作为评语，这就是：“映梦窗凌乱碧。”张炎词，我可以摘取他词里的一句作为评语，这就是：“玉老田荒。”

评点

“映梦窗凌乱碧”出于吴文英《秋思》(堆枕香鬟侧)。“凌”应作“零”。“玉老田荒”出于张炎《祝英台近》(水痕深)。吴文英，号梦窗。以“映梦窗零乱碧”作为吴词评语，实际上是说吴词“零乱”。张炎，号玉田。以“玉老田荒”作为张词评语，实际上是说张词“老”“荒”。

第四十九条和这一条评论吴文英和张炎词。显然，王国维认为吴词、张词成就甚低，毫无可称道之处。在《人间词话》之前，王国维在《人间词甲稿序》中，说他对于南宋词人“除稼轩、白石外，所嗜盖鲜矣。尤痛诋梦窗、玉田。谓梦窗砌字，玉田垒句。一雕琢，一敷衍。其病不同，而同归于浅薄。六百年来词之不振，实自此始。”(参见《人间词话附录》)这里所说的“砌字”、“雕琢”，似可作为“零乱”的注解；“垒句”、“敷衍”，似可作为“老”“荒”的注解。在王国维看来，吴文英和张炎是导致词的创作衰微的罪人。

这和多数词论家对吴文英和张炎的评价形成了巨大的反差。周济说：“梦窗奇思壮采，腾天潜渊，返南宋之清泚，为北宋之秾挚。”(《宋四家词选目录序论》)刘熙载说：“张玉田词，清远蕴藉，凄怆缠绵。”(《艺概·词曲概》)这种评价虽有溢美之嫌，但持平而论，吴文英和张炎都是南宋后期的重要词人，不应全盘否定。吴词长调虽有堆砌晦涩的缺点，却也不乏工丽沉郁之作，小令更以疏朗明快著称。张词备写身世盛衰之感，悲凉凄楚，但伤感情绪浓重。王国维的评价有失公允。

【五十一】

"明月照积雪"、"大江流日夜"、"中天悬明月"、"黄河落日圆"，此种境界，可谓千古壮观。求之于词，惟纳兰容若塞上之作，如《长相思》之"夜深千帐灯"，《如梦令》之"万帐穹庐人醉，星影摇摇欲坠"差近之。

译文

"明月照积雪"、"大江流日夜"、"中天悬明月"、"黄河落日圆"，这种境界，可以说是千古壮观。如果在词里寻求这种境界，只有纳兰性德塞上的作品，比如《长相思》的"夜深千帐灯"，《如梦令》的"万帐穹庐人醉，星影摇摇欲坠"还比较相近。

评点

"明月照积雪"，见谢灵运《岁暮》。"大江流日夜"，见谢朓《暂使下都夜发新林至京邑赠西府同僚》。"中天悬明月"，见杜甫《后出塞》。"黄河落日圆"，见王维《使至塞上》。"黄河"或作"长河"。纳兰性德(1654—1685)，原名成德，字容若，号楞伽山人，满州正黄旗人，清初词人。现将论及的两首词转录于下：

长相思

纳兰性德

山一程，水一程。身向榆关那畔行，夜深千帐灯。　风一更，雪一更。聒碎乡心梦不成，故园无此声。

如梦令

纳兰性德

万帐穹庐人醉，星影摇摇欲坠。归梦隔狼河，又被河声搅碎。还睡，还睡。解道醒来无味。

这一条论纳兰性德词，请参见下条评点。

【五十二】

纳兰容若以自然之眼观物，以自然之舌言情。此由初入中原，未染汉人风气，故能真切如此。北宋以来，一人而已。

译文

纳兰性德以自然的眼光观照外物，以自然的口吻抒写感情。这是因为他刚刚进入中原地区，还没有沾染上汉族文人的风气习惯，所以才能这么真挚深切。北宋以来，这样的词人只有他一个人。

评点

上一条和这一条论纳兰性德词。清代词论家赞扬纳兰词“婉丽凄清”（顾贞观《通志堂词序》），“哀感顽艳”（陈维崧《词评》），“纯任性灵，纤尘不染”（况周颐《蕙风词话》）。王国维对纳兰词也极为推崇。他赞赏纳兰词所描绘的壮观的境界，认为其成就在清代著名词人朱彝尊、陈维崧、王士禛、顾贞观之上，是北宋以来最杰出的词人。

王国维进一步探讨了纳兰词之所以取得高度成就的原因。他认为根本原因在于纯任自然，“以自然之眼观物，以自然之舌言情”，没有沾染上汉族文人的陈规陋习。自然即真。这实际上是说纳兰词能写“真景物”“真感情”，“悲凉顽艳，独有得于意境之深。”（《人间词乙稿序》）

【五十三】

陆放翁跋《花间集》，谓："唐季五代，诗愈卑，而倚声者辄简古可爱，能此不能彼，未可以理推也。"《提要》驳之，谓："犹能举七十斤者，举百斤则蹶，举五十斤则运掉自如。"其言甚辨。然谓词必易于诗，余未敢信。善乎陈卧子之言："宋人不知诗而强作诗，故终宋之世无诗。然其欢愉愁苦之致，动于中而不能抑者，类发于诗余，故其所造独工。"五代词之所以独胜，亦以此也。

译文

陆游跋《花间集》，认为："唐末五代，诗的格调越来越低下，然而词却简古可爱，能在这方面取得成功却不能在那方面取得成功，很难讲出道理来。"《四库全书总目提要》反驳他，说道："就像一个能举起七十斤重东西的人，举一百斤就要跌倒，举五十斤就运转自如。"话说得很有道理。然而，认为填词一定比写诗容易，我却不能赞同。还是陈子龙说得好："宋代人不懂得诗却勉强作诗，所以整个宋代没有好诗。然而他们喜怒哀乐的感情，发自内心不吐不快，只能通过词抒发出来，所以他们的作品特别工致。"五代词之所以特别优秀，也由于这种原因。

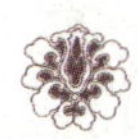

评点

陈子龙(1608—1647)，字卧子，号大樽，明末文学家。引语见其《王介人诗余序》。

《四库全书总目提要》《花间集》条，在引用了陆游的话后，反驳说：这是因为陆游不懂得“文之体格有高卑，人之学力有强弱”。律诗比古诗体格低下，词又比律诗体格低下。五代人学力弱于唐人，用于写诗则不足，用于填词则有余。所以，五代人诗不及唐人，但词却特别优秀。然后即本条中所引用的比喻。

王国维不赞成《提要》所说的词比诗体格低下，填词比写诗容易。他引用陈子龙的话进行反驳，认为五代词之所以特别优秀是因为表现了真情实感。同时，他认为诗和词并无体格高下之别。

【五十四】

四言敝而有楚辞，楚辞敝而有五言，五言敝而有七言，古诗敝而有律绝，律绝敝而有词。盖文体通行既久，染指遂多，自成习套。豪杰之士，亦难于其中自出新意，故遁而作他体，以自解脱。一切文体所以始盛终衰者，皆由于此。故谓文学后不如前，余未敢信。但就一体论，则此说固无以易也。

译文

四言诗衰微而后产生了楚辞，楚辞衰微而后产生了五言诗，五言诗衰微而后产生了七言诗，古诗衰微而后产生了律诗绝句，律诗绝句衰微而后产生了词。这是因为某种文体在社会上流行的时间长了，运用这种文体的人就会越来越多，自然形成一些僵化的程式。就是才华横溢的作者也难以在其中自出新意，所以就抛弃旧文体创造新文体，以便自己从旧文体的束缚中解脱出来。一切文体之所以开始兴盛最终衰微，都是由于这种原因。所以，认为文学发展的水平后代不如前代，我不敢赞同。仅就一种文体而言，那么这种说法是不容置疑的。

评点

这一条，王国维阐述了他的文学发展观。首先，一部文学史就是各种文体前后相继、推陈出新的发展演变史。旧的文体逐渐衰微，新的文体不断产生使文学创作保持着永恒的生机活力。其中每一种文体都经历了发生、发展、成熟、衰亡的过程。始盛终衰是每种文体发展演变的普遍规律。第二，每种文体之所以始盛终衰，是因为在其广泛流行的过程中往往形成程式规范、陈规陋习，从而丧失了创新精神。杰出的作家为了打破这种限制束缚，必然寻求和创造新文体。第三，就一种文体而言，在它达到成熟之后必然要走向衰微，因而可以说后不如前。但从整个文学发展史看，总是不断地出现新文体，取得新成果，因而总是不断发展、不断创新的。后代的文学发展水平，从总体上看必然超过前代，因而不能说今不如古。

在1912年写作的《宋元戏曲考》中，王国维进一步补充和发展了他的文学发展观，提出每个时期都产生了代表这个时期最高成就的文体。他说：

> 凡一代有一代之文学。楚之骚、汉之赋、六朝之骈语、唐之诗、宋之词、元之曲，皆所谓一代之文学，而后世莫能继焉者也。(《宋元戏曲考序》)

王国维发展进化的文学发展观，贯穿着反对因袭模仿，倡导革新独创的精神。同时，揭示出中国文学从以诗歌散文为中心向以词曲小说为中心，也就是从以士大夫的雅文学为主体向以平民百姓的俗文学为主体转变的历史趋势。这种文学发展观直接影响了“五四”新文学运动的倡导者(胡适、陈独秀)的文学革命思想，对于中国文学实现从古代向近现代的转型产生了积极的推动作用。

【五十五】

诗之三百篇、十九首，词之五代北宋，皆无题也。非无题也，诗词中之意，不能以题尽之也。自《花庵》、《草堂》每调立题，并古人无题之词亦为之作题。如观一幅佳山水，而即曰此某山某河，可乎?诗有题而诗亡，词有题而词亡。然中材之士，鲜能知此而自振拔者矣。

译文

《诗经》、《古诗十九首》和五代北宋词，都是没有题目的。其实并不是没有题目，而是诗词的意蕴不能用题目包罗无遗。自从《花庵词选》、《草堂诗余》每首词都立一个题目，连古人原来没有题目的词也替他加上一个题目。比如，我们欣赏一幅优美的山水画，难道可以说这只是某座山、某条河吗?诗有了题目而后诗走向衰亡，词有了题目而后词走向衰亡。然而，平庸的作者很少有人懂得这种道理而超脱流俗卓然自立。

评点

这一条在《人间词话》手稿中,“如观一幅佳山水,而即曰此某山某河,可乎?”一句,原为:

> 诗词之题目本为自然及人生。自古人误以为美刺投赠咏史怀古之用。题目既误,诗亦自不能佳。后人才不及古人,见古名、大家亦有此等作,遂遗其独到之处而专学此种,不复知诗之本意。于是豪杰之士出,不得不变其体格,如楚辞、汉之五言诗、唐五代北宋之词皆是也。故此等文学皆无题。

王国维这里所说的“题目”有二义:一指作品的标题,二指作品的题材。所谓“诗词之题目本为自然及人生”,就是说,文学应以自然及人生为题材,表现对自然人生之真理的领悟。作家应进入无利害无欲望的审美境界,超越现实的政治利害和功名利禄之念。如果文学以“美刺投赠咏史怀古”为题材(作品必然加上相应的标题),那就必然使作者从无利害无欲望的审美静观回到现实政治利害得失的非审美境界,从而使文学丧失独立的审美价值。正因为如此,王国维认为像楚辞、汉代五言诗、唐五代北宋词这些优秀作品“皆无题”,也就是说这些作品以自然人生为题材因而没有标题,甚至愤激地说:“诗有题而诗亡,词有题而词亡。”总之,王国维倡导文学以描写自然人生为题材,具有独立的审美价值,反对用之于“美刺投赠咏史怀古”,也就是反对文学服务于政治利益或成为谋取个人功名利禄的工具。这才是王国维主张文学“无题”的真意。

【五十六】

大家之作，其言情也必沁人心脾，其写景也必豁人耳目。其辞脱口而出，无矫揉妆束之态。以其所见者真，所知者深也。诗词皆然。持此以衡古今之作者，可无大误矣。

译文

大作家的作品，言情必定感人肺腑，写景必定使人如闻其声如见其形，辞句脱口而出，丝毫没有矫揉造作浓妆艳抹的姿态。这是因为他所观察的真切，所理解的深刻。诗词都如此。拿这个标准衡量古往今来的作者，就可以没有很大的偏差和失误。

评点

王国维在第四十、四十一条提出“隔”与“不隔”的理论，并举出大量作品作为“不隔”的例子。这一条进一步从言情、写景和文辞三方面说明如何达到“不隔”。王国维在《宋元戏曲考》中认为元剧文章之妙在于“有意境”，并进一步指出：

> 何以谓之有意境？曰：写情则沁人心脾，写景则在人耳目，述事则如其口出是也。古诗词之佳者，无不如是。元曲亦然。

可见，这三方面正是明确提出了意境

(境界)创造的艺术要求。要做到“不隔”或“有意境”，就必须达到这三项艺术要求。

首先，就言情而言，“其言情也必沁人心脾”，诗人抒写的真情感人肺腑，使读者心潮激荡不能自已，“遂觉诗人之言，字字为我心中所欲言，而又非我之所能自言。”(《清真先生遗事》)再者，就写景而言，“其写景也必豁人耳目”，诗人描绘的景物唤起丰富的想象和联想，从而鲜明清晰地浮现于眼前，使读者恍如身临其境。第三，就文辞而言，“其辞脱口而出，无矫揉妆束之态”，也就是要求文学语言浑然天成，不假雕琢，似初发芙蓉，如行云流水，“极炼如不炼，出色而本色，人籁悉归天籁”，达到绚烂之极归于平淡的境地。因此，王国维反对堆砌典故和用替代字，因为这很容易使作品含意晦涩，形象迷离。总之，王国维要求言情真切，写景鲜明，文辞自然。这就是“不隔”或境界创造的艺术要求。

王国维这种艺术要求，从审美价值取向看，在“隐”与“显”、“雅”与“俗”之间，王国维明显地倾向于“显”与“俗”，而对于“隐”与“雅”有所排斥和贬低。他对姜夔以及吴文英、张炎等词人的批评，明显地表现出这种倾向。这种审美价值取向，似乎暗合了中国文学从以士大夫为主体的古典的雅文学向以平民为主体的近代的俗文学转变的历史趋势。尽管从历史主义观点看来，士大夫的古典雅文学也自有其价值和意义在。

【五十七】

人能于诗词中不为美刺投赠之篇，不使隶事之句，不用粉饰之字，则于此道已过半矣。

译文

诗人能在诗词中不写赞美讥刺拜见赠答的篇章，不使用堆砌典故的句子，不追求华丽浮艳的文字，那么对于写作之道可以说已经领悟和把握一大半了。

评点

这一条承接上一条。“美刺投赠之篇”所抒写的感情不可能真切感人，“隶事之句”所描绘的形象不可能鲜明生动，“粉饰之字”使文学语言失去自然浑成之美。根除了这些弊端，文学创作才能走上正确的道路。

【五十八】

以《长恨歌》之壮采，而所隶之事，只“小玉”、“双成”四字，才有余也。梅村歌行，则非隶事不办。白、吴优劣，即于此见。不独作诗为然，填词家亦不可不知也。

译文

以《长恨歌》壮美的文采，而所运用的典故，仅仅是“小玉”、“双成”四个字，这是因为才能绰绰有余。吴伟业的歌行，就非运用典故不可。白居易和吴伟业孰优孰劣，从这一点就可以看出来。不只作诗是这样，词人也不能不懂得这一点。

评点

白居易(772—846)，字乐天，号香山居士，唐代诗人。《长恨歌》是他的叙事诗名篇。诗中有：“金阙西厢叩玉扃，转教小玉报双成。”“小玉”是吴王夫差女儿。“双成”是西王母侍女。这里借指仙山宫阙中太真侍女。吴伟业(1609—1671)，字骏公，号梅村，清初诗人。他的歌行有《圆圆曲》《永和宫诗》等多篇。

这一条以白居易歌行极少运用典故，而吴梅村歌行大量运用典故，断定白居易的艺术才能远远高于吴伟业。这主要是反对在诗词中堆砌典故。请参见第五十六、五十七条评点。

【五十九】

近体诗体制，以五、七言绝句为最尊，律诗次之，排律最下。盖此体于寄兴言情，两无所当，殆有韵之骈体文耳。词中小令如绝句，长调似律诗，若长调之《百字令》、《沁园春》等，则近于排律矣。

译文

近体诗的体制，以五言和七言绝句为最高，律诗次一等，排律最低下。这种体制对于寄托兴致抒发感情两者都不适宜，近似有韵的骈体文。词里的小令像绝句，长调像律诗，至于长调的《百字令》、《沁园春》等，就接近排律了。

评点

这一条论近体诗和词的各种体制(体裁)的尊卑高下。王国维认为诗和词的体格并无高低之分。但诗词中的各种体制则有尊卑之别。他以是否有利于寄兴言情作为判断尊卑高下的标准。在他看来，绝句和小令最尊，律诗和长调次之，排律和长调中字数最多的《百字令》、《沁园春》等最低。排律又称长律，是每首超过四韵八句的长篇律诗，从十句到二三百句不等。排律除首尾两联不要求对仗外，中间部分则一律对仗。这种体制在格律上的要求相当严格，往往限制束缚思想感情的自由表达。词中篇幅较长的长调也与之相似。王国维认为诗词应该充分地淋漓尽致地抒发真情实感，而过于严格的格律往往成为一种束缚和限制。这是他把诗词体制分尊卑高下的根本原因。他的看法是有道理的。

然而，对于既具有丰富的生活阅历又掌握熟练高超艺术技巧的作家而言，这种格律上的限制并非不可超越，甚至成为他表现深厚沉挚思想感情显示卓越艺术才华的适当的艺术载体。杜甫和李商隐的排律不乏杰作，苏轼和辛弃疾的长调流传众口就是典型的例证。所以，对于诗词体制分尊卑之论，不可过于拘泥。

士終身伴菜根
唐寅

【六十】

诗人对宇宙人生，须入乎其内，又须出乎其外。入乎其内，故能写之。出乎其外，故能观之。入乎其内，故有生气。出乎其外，故有高致。美成能入而不出。白石以降，于此二事皆未梦见。

译文

诗人对于自然人生，既要入乎其内，又要出乎其外。入乎其内，所以能描写它。出乎其外，所以能观照它。入乎其内，所以有生气。出乎其外，所以有高致。周邦彦能入乎其内但不能出乎其外。姜夔以后的词人，对于这两方面都根本没有想到过。

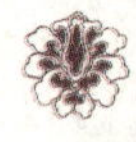

评点

“宇宙人生”，《人间词话》手稿作“自然人生”。这条论诗人与自然人生的关系，请参见下一条评点。

【六十一】

诗人必有轻视外物之意，故能以奴仆命风月。又必有重视外物之意，故能与花鸟共忧乐

译文

诗人必须有轻视外物之意，所以能像对待奴仆一样役使风云月露。诗人又必须有重视外物之意，所以能和花鸟虫鱼同忧共乐。

评点

上一条和这一条论诗人与自然人生的关系。王国维认为，诗人对自然人生要做到“入乎其内”与“出乎其外”，“重视外物”与“轻视外物”的统一。诗人要深入自然人生之内，才能获得丰富的创作材料，作品才有生气；诗人又要跳出自然人生之外，才能纵观生活的整体，作品才有深刻的内容和高远的情致。所谓“重视外物”就是“入乎其内”，才能细致地感受和体察外物。所谓“轻视外物”就是“出乎其外”，才能把外物作为表现主体情感思绪的载体。可见，文学创作以深入体验自然人生为起点，而又以表现高远情致为归宿。只有在“入乎其内”的基础上“出入其外”，在“重视外物”的基础上“轻视外物”，作品才能既有“生气”，又有“高致”。这就既要反对卑琐的爬行的自然主义，又要反对空洞抽象脱离实际的理想主义。这种关于诗人与自然人生关系的见解，直至今日仍然对文学创作富有教益。

【六十二】

“昔为倡家女，今为荡子妇。荡子行不归，空床难独守。”“何不策高足，先据要路津？无为久贫贱，轗轲长苦辛。”可谓淫鄙之尤。然无视为淫词、鄙词者，以其真也。五代北宋之大词人亦然。非无淫词，读之者但觉其亲切动人。非无鄙词，但觉其精力弥满。可知淫词与鄙词之病，非淫与鄙之病，而游词之病也。“岂不尔思，室是远而。”而子曰：“未之思也，夫何远之有？”恶其游也。

译文

“昔为倡家女，今为荡子妇。荡子行不归，空床难独守。”“何不策高足，先据要路津？无为久贫贱，轗轲长苦辛。”可以说是淫荡鄙俗到极点了。然而没有人看作淫词、鄙词，是因为感情真挚。五代北宋的大词人也是如此。他们不是没有淫词，然而读起来却只觉得亲切动人。不是没有鄙词，却只觉得精力充沛。由此可知，淫词和鄙词的弊病，不在于淫荡和鄙俗，其弊病在于游词。“难道我不想念你，因为家住得太遥远。”孔子说：“他是不想念啊，真的想念，有什么遥远呢？”这是厌恶他言不由衷。

评点

金应珪《词选后序》认为：“近世为词，厥有三弊，”一是“淫词”，二是“鄙词”，三是“游词”。所谓“游词”，就是“哀乐不衷其性，虑叹无与乎情”。这一条即针对此而发。开头所引八句诗，出自《古诗十九首》(之二、之四)。所引孔子对诗的评论，见《论语·子罕》。

金应珪认为词有“淫”“鄙”“游”三种弊病。王国维则认为“淫”“鄙”不足为词之病，词之病在于“游”，即“哀乐不衷其性，虑叹无与乎情”，也就是言不由衷、虚情假意。他认为像《古诗十九首》和五代北宋大词人的某些作品，虽被世俗之人视为或“淫”或“鄙”，但是表现了真情实感，读起来感到“亲切动人”“精力弥满”，具有强烈的艺术感染力。虽“淫”虽“鄙”但不“游”，就是表现了“真感情”的优秀作品。在这里，王国维冲破封建社会的世俗偏见，大胆肯定了抒写真情实感的诗词的价值，否定了言不由衷、虚情假意的作品。倡导表现真情实感的真文学，反对无病呻吟、虚情假意的伪文学，是王国维文学思想的基本出发点。所以，他对境界的界定是“能写真景物、真感情者，谓之有境界。”(第六条)在“真景物、真感情”二者之中，无疑，“真感情”是核心和主导。前文谈到，王国维的审美价值取向是倡“显”(艺术形象鲜明生动)重“俗”(肯定俗文学的历史地位)。这里应该补充的是，“显”和“俗”的基础是“真”(表现真情实感)。

【六十三】

“枯藤老树昏鸦。小桥流水平沙。古道西风瘦马。夕阳西下。断肠人在天涯。”此元人马东篱《天净沙》小令也。寥寥数语，深得唐人绝句妙境。有元一代词家，皆不能办此也。

译文

“枯藤老树昏鸦。小桥流水平沙。古道西风瘦马。夕阳西下。断肠人在天涯。”这是元人马致远的《天净沙》小令。虽然只有寥寥数语，却深得唐人绝句美妙境界。整个元代的词人都做不到这一点。

评点

马致远(1250?—1321到1324间)，字千里，号东篱。元代杂剧家和散曲家。“小桥流水平沙”，通行版本作“小桥流水人家”。

这一条论马致远小令《天净沙》，请参见下条评点。

【六十四】

白仁甫《秋夜梧桐雨》剧，沈雄悲壮，为元曲冠冕。然所作《天籁词》，粗浅之甚，不足为稼轩奴隶。岂创者易工，而因者难巧欤？抑人各有能有不能也？读者观欧、秦之诗远不如词，足透此中消息。

宣统庚戌九月脱稿于

京师定武城南寓庐

译文

白朴的《唐明皇秋夜梧桐雨》杂剧，沉雄悲壮，是元杂剧中最优秀的作品之一。然而他所作的《天籁词》却粗浅到极点，连当辛弃疾的奴仆都不合格。岂不是独创的易于工致，而因袭的难以巧妙？也许是擅长这种文体不擅长那种文体？读者看到欧阳修和秦观的诗远不如词，也正透露出此中消息。

宣统庚戌九月脱稿于

京师定武城南寓庐

评点

白朴(1226—1306之后)，字太素，号兰谷。初名恒，字仁甫。元代杂剧家、词人。

上一条和这一条论元人散曲和杂剧。王国维以马致远和白朴为例，说明元人擅长散曲和杂剧，其成就远在元词之上。《人间词话》以论词为中心，但这最后两条却转而论元人散曲和杂剧，似乎显示王国维的研究重心将从诗词转向元曲。既济未济，余音袅袅。

卷尾为王国维追记的《人间词话》脱稿时间和地点。“宣统庚戌”为1910年。“京师定武城南寓庐”就是王国维在北京宣武门外新帘子胡同的寓所。王国维所记的脱稿处不误。但年份记错了。实际上，从光绪戊申(1908年)十月开始，《人间词话》连载于《国粹学报》，分三期(第47、49、50期)登完。1908年已开始发表，当然不会在1910年才“脱稿”。这显系追记致误。《人间词话》的写作，当在1908年夏秋之际。

人间词话删稿

溪雲淡無色秋樹紅可
白雲篇
徵明

【一】

白石之词，余所最爱者亦仅二语，曰："淮南皓月冷千山，冥冥归去无人管。"

译文

姜夔词，我所最欣赏的也仅仅有两句，这就是："淮南皓月冷千山，冥冥归去无人管。"

【二】

双声叠韵之论盛于六朝，唐人犹多用之。至宋以后则渐不讲，并不知二者为何物。乾嘉间，吾乡周松霭先生春著《杜诗双声叠韵谱括略》，正千余年之误，可谓有功文苑者矣。其言曰："两字同母谓之双声，两字同韵谓之叠韵。"余按：用今日各国文法通用之语表之，则两字同一子音者谓之双声。(如《南史·羊元保传》之"官家恨狭，更广八分"，官、家、更、广四字皆从k得声。《洛阳伽蓝记》之"狞奴慢骂"，狞、奴二字皆从n得声，慢、骂二字皆从m得声也。)两字同一母音者，谓之叠韵。(如梁武帝之"后牖有朽柳"，后、牖、有三字双声而兼叠韵，有、朽、柳三字其母音皆为u。刘孝绰之"梁皇长康强"，梁、长、强三字其母音皆为ian也。)自李淑《诗苑》伪造沈约之说，以双声叠韵为诗中八病之二，后世诗家多废而不讲，亦不复用之于词。余谓苟于词之荡漾处用叠韵，促节处用双声，则其铿锵可诵必有过于前人者。惜世之专讲音律者，尚未悟此也。

【三】

昔人但知双声之不拘四声，不知叠韵亦不拘平、上、去三声。凡字之同母音者，虽平仄有殊皆叠韵也。

【四】

诗至唐中叶以后，殆为羔雁之具矣。故五代北宋之诗，佳者绝少，而词则为其极盛时代。即诗词兼擅如永叔、少游者，亦词胜于诗远甚。以其写之于诗者，不若写之于词者之真也。至南宋以后，词亦为羔雁之具，而词亦替矣。此亦文学升降之一关键也。

译文

诗到唐代中叶之后，就成为应酬倡和的工具。所以，五代北宋诗优秀的非常少，而词却是其极盛时代。即使诗词都擅长的作家，像欧阳修和秦观，也是词远远胜于诗。这是因为诗里所表现的思想感情，不如表现在词里的真实。到南宋以后，词也成为应酬倡和的工具，因而词也走向衰落。这也是文学兴衰的重要原因之一。

【五】

曾纯甫中秋应制作《壶中天慢》词，自注云：“是夜，西兴亦闻天乐。”谓宫中乐声闻于隔岸也。毛子晋谓：“天神亦不以人废言。”近冯梦华复辨其诬。不解“天乐”二字文义，殊笑人也。

【六】

梅溪、梦窗、中仙(按：二字原已删去)、玉田、草窗、西麓诸家，词虽不同，然同失之肤浅。虽时代使然，亦其才分有限也。近人弃周鼎而宝康瓠，实难索解。

译文

史达祖、吴文英、王沂孙、张炎、周密和陈允平诸位词人，词虽然不同，然而都失之肤浅。这虽然是他们所处的时代所决定的，也是因为他们才分有限。近来的词人抛弃周鼎而珍爱破瓦盆，实在令人难以理解。

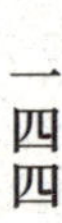

【七】

余填词不喜作长调，尤不喜用人韵。偶尔游戏，作《水龙吟》咏杨花用质夫、东坡倡和韵，作《齐天乐》咏蟋蟀用白石韵，皆有与晋代兴之意。余之所长殊不在是，世之君子宁以他词称我。

译文

我填词不喜欢写长调，尤其不喜欢写和韵词。偶尔游戏，写了首《水龙吟》咏杨花用章质夫、苏东坡倡和韵，写了首《齐天乐》咏蟋蟀用姜白石韵，都可以与古人原作并驾齐驱。我的长处并不在这方面，宁愿先生们称道我的其他的词。

【八】

余友沈昕伯纮自巴黎寄余《蝶恋花》一阕云："帘外东风随燕到。春色东来，循我来时道。一霎围场生绿草，归迟却怨春来早。锦绣一城春水绕。庭院笙歌，行乐多年少。著意来开孤客抱，不知名字闲花鸟"。此词当在晏氏父子间，南宋人不能道也。

译文

我的友人沈纮从巴黎寄给我一首《蝶恋花》："帘外东风随燕到。春色东来，循我来时道。一霎围场生绿草，归迟却怨春来早。锦绣一城春水绕。庭院笙歌，行乐多年少。著意来开孤客抱，不知名字闲花鸟。"这首词和晏殊、晏几道父子的作品相近，南宋词人是写不出来的。

【九】

樊抗夫谓余词如《浣溪沙》之“天末同云”、《蝶恋花》之“昨夜梦中”、“百尺朱楼”、“春到临春”等阕，凿空而道，开词家未有之境。余自谓才不若古人，但于力争第一义处，古人亦不如我用意耳。

译文

樊炳清认为，我的词，像《浣溪沙》的“天末同云”、《蝶恋花》的“昨夜梦中”、“百尺朱楼”、“春到临春”这几首，敢于独创，开辟词人从来没有写过的境界。我自己认为才能不及古人，但在力争达到最高水平方面，古人也不如我竭尽全力。

【十】

叔本华曰："抒情诗，少年之作也。叙事诗及戏曲，壮年之作也。"余谓：抒情诗，国民幼稚时代之作，叙事诗，国民盛壮时代之作也。故曲则古不如今，(元曲诚多天籁，然其思想之陋劣，布置之粗笨，千篇一律令人喷饭。至本朝之《桃花扇》、《长生殿》诸传奇，则进矣)词则今不如古。盖一则以布局为主，一则须伫兴而成故也。

译文

叔本华说："抒情诗是少年的作品。叙事诗和戏曲是壮年的作品。"我认为，抒情诗是国民幼年时代的作品，叙事诗是国民壮年时代的作品。所以，戏曲则古人不如今人，(元杂剧确实有很多浑然天成的作品，然而其思想的鄙俗低下，结构的粗疏笨拙，千篇一律让人感到非常可笑。到本朝的《桃花扇》、《长生殿》这些传奇，就有进步了)词则今人不如古人。这大概是因为一个以精心结构为主，一个须兴会标举而成的缘故。

【十一】

北宋名家以方回为最次，其词如历下、新城之诗，非不华赡，惜少真味。至宋末诸家，仅可譬之腐烂制艺，乃诸家之享重名者且数百年，始知世之幸人不独曹蜍、李志也。

译文

北宋的著名词人以贺铸最差，他的词就像李攀龙、王士禛的诗，并非文辞不华美富丽，可惜的是缺乏真情实意。至于南宋末年诸位词人的作品，只可比之为腐烂的八股文，而他们竟然享有很高的声誉达数百年之久，由此可知，世上侥幸得名的人，并不仅是曹蜍、李志。

【十二】

散文易学而难工，骈文难学而易工。近体诗易学而难工，古体诗难学而易工。小令易学而难工，长调难学而易工。

译文

散文学起来容易却难以工致，骈文学起来困难却容易工致。近体诗学起来容易却难以工致，古体诗学起来困难却容易工致。小令学起来容易却难以工致，长调学起来困难却易于工致。

【十三】

古诗云："谁能思不歌？谁能饥不食？"诗词者，物之不得其平而鸣者也。故"欢愉之辞难工，愁苦之言易巧"。

译文

古诗说："谁能思不歌？谁能饥不食？"诗词是遭遇不平而发出的呼喊。所以，"欢欣愉快的文辞难以工致，穷困愁苦的言语易于精巧"。

【十四】

社会上之习惯，杀许多之善人。文学上之习惯，杀许多之天才。

译文

社会上的陈规陋习，扼杀了许多善人。文学上的陈规陋习，扼杀了许多天才。

【十五】

词之为体，要眇宜修。能言诗之所不能言，而不能尽言诗之所能言。诗之境阔，词之言长。

译文

词这种体裁，优美蕴藉。能够表现诗所不能表现的，却不能全部表现诗所能表现的。诗的境界开阔，词的韵味悠长。

【十六】

言气质，言格律(按：三字原已删去)，言神韵，不如言境界。有境界，本也。气质、格律、神韵，末也。有境界而三者随之矣。

译文

讲气质、讲格律，讲神韵，不如讲境界。有境界是根本。气质、格律、神韵是从属的。有境界三者就自然随之具备了。

【十七】

“西风吹渭水，落日满长安”。美成以之入词。白仁甫以之入曲。此借古人之境界为我之境界者也。然非自有境界，古人亦不为我用。

译文

“西风吹渭水，落日(叶)满长安”。周邦彦把这种境界写进词里。白朴把这种境界写进曲里。这是借用古人的境界作为我自己的境界。然而，如果不是自己有境界，古人的境界也不能为我所借用。

【十八】

昔人论诗词，有景语、情语之别。不知一切景语皆情语也。

译文

前人论诗词，有景语、情语的区别。他们不知道所有景语实际上都是情语。

【十九】

“岂不尔思，室是远而”。孔子讥之。故知孔门而用词，则牛峤之“甘作一生拼，尽君今日欢”等作，必不在见删之数。

译文

“难道我不想念你，因为家住得太遥远”。孔子讥笑这位诗人感情不真实。由此可知，如果孔子选录词的话，那么牛峤的“甘作一生拼，尽君今日欢”等作品，一定不在被删弃的作品之列。

【二十】

词家多以景寓情。其专作情语而绝妙者，如牛峤之“甘作一生拼，尽君今日欢。”顾夐之“换我心为你心，始知相忆深。”欧阳修之“衣带渐宽终不悔，为伊消得人憔悴。”美成之“许多烦恼，只为当时，一饷留情。”此等词古今曾不多见。余《乙稿》中颇于此方面有开拓之功。

译文

词人多采用以景寓情的写法。那种专门作情语而又绝妙无比的句子，比如牛峤的“甘作一生拼，尽君今日欢。”顾夐的“换我心为你心，始知相忆深。”欧阳修的“衣带渐宽终不悔，为伊消得人憔悴。”周邦彦的“许多烦恼，只为当时，一饷留情。”这种词从古到今并不多见。我的《人间词乙稿》在这方面颇有开拓之功。

【二十一】

长调自以周、柳、苏、辛为最工。美成《浪淘沙慢》二词，精壮顿挫，已开北曲之先声。若屯田之《八声甘州》，东坡之《水调歌头》(中秋寄子由)，则伫兴之作，格高千古，不能以常词论也。

译文

长调自然是以周邦彦、柳永、苏轼和辛弃疾的作品最工致。周邦彦的两首《浪淘沙慢》，精壮顿挫，已开北曲之先声。至于柳永的《八声甘州》和苏轼的《水调歌头》(中秋寄子由)，则是兴会神到的作品，格调高绝千古，不能看作寻常的作品。

【二十二】

稼轩《贺新郎》词(送茂嘉十二弟)，章法绝妙，且语语有境界，此能品而几于神者。然非有意为之，故后人不能学也。

译文

辛弃疾的《贺新郎》(送茂嘉十二弟)，章法绝妙，而且句句有境界，这是能品之中近乎神品的作品。然而，他并不是有意这样写，所以后代词人没法仿效他。

【二十三】

“暮雨潇潇郎不归”，当是古词，未必即白傅所作。故白诗云：“吴娘夜雨潇潇曲，自别苏州更不闻”也。

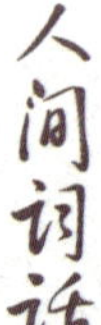

【二十四】

稼轩《贺新郎》词："柳暗凌波路。送春归猛风暴雨，一番新绿。"又，《定风波》词："从此酒酣明月夜。耳热。""绿"、"热"二字皆作上去用。与韩玉《东浦词》《贺新郎》以"玉"、"曲"叶"注"、"女"，《卜算子》以"夜"、"谢"叶"食"、"月"，已开北曲四声通押之祖。

【二十五】

谭复堂《箧中词选》谓："蒋鹿潭《水云楼词》与成容若、项莲生二百年间分鼎三足。"然《水云楼词》小令颇有境界，长调惟存气格。《忆云词》亦精实有余，超逸不足，皆不足与容若比。然视皋文、止庵辈，则倜乎远矣。

译文

谭献《箧中词选》认为："蒋春霖《水云楼词》和纳兰性德、项鸿祚，二百年间三足鼎立。"然而，《水云楼词》虽然小令颇有境界，长调却只存气格。项鸿祚的《忆云词》则精致质实有余，而超脱俊逸不足，都不足以和纳兰性德相提并论。当然，比起张惠言、周济这些词人，却又远远超出其上了。

【三十六】

"池塘春草谢家春，万古千秋五字新。传语闭门陈正字，可怜无补费精神"。此遗山《论诗绝句》也。美成、白石(按：四字原已删去)、梦窗、玉田辈当不乐闻此语。

译文

"池塘春草谢家春，万古千秋五字新。传语闭门陈正字，可怜无补费精神"。这是元好问的《论诗绝句》。周邦彦、姜夔、吴文英和张炎等词人恐怕不愿意听这种话。

【三十七】

朱子《清邃阁论诗》谓："古人有句，今人诗更无句，只是一直说将去。这般一日作百首也得。"余谓北宋之词有句，南宋以后便无句，如玉田、草窗之词，所谓"一日作百首也得"者也。

译文

朱熹《清邃阁论诗》说："古人诗里有警句，今人诗里根本没有警句，只不过是信口说下去而已。这种诗一天作一百首也行。"我认为北宋词有警句，南宋以后的词便没有警句，像张炎、周密词，就属于"一天作一百首也行"这一种。

【三十八】

朱子谓："梅圣俞诗，不是平淡，乃是枯槁。"余谓草窗、玉田之词亦然。

译文

朱熹认为："梅尧臣诗，不是平淡，而是枯槁。"我认为周密、张炎词也是如此。

【三十九】

"自怜诗酒瘦，难应接许多春色"。"能几番游？看花又是明年"。此等语亦算警句耶？乃值如许费力。

译文

"自怜诗酒瘦，难应接许多春色"。"能几番游？看花又是明年。"这种话难道也算警句吗？哪里值得费这么大气力。

【四十】

文文山词风骨甚高，亦有境界。远在圣与、叔夏、公谨诸公之上。亦如明初诚意伯词，非季迪、孟载诸人所敢望也。

译文

文天祥词风骨甚高，也有境界。远在蒋捷、张炎、周密等词人之上。正如明初刘基词，绝不是高启、杨基等人所能望其项背。

【四十一】

和凝《长命女》词：“天欲晓。宫漏穿花声缭绕，窗里星光少。冷霞寒侵帐额，残月光沈树杪。梦断锦闱空悄悄。强起愁眉小。”此词前半，不减夏英公《喜迁莺》也。此词见《乐府雅词》，《历代诗余》选之。

译文

和凝《长命女》词：“天欲晓。宫漏穿花声缭绕，窗里星光少。冷霞寒侵帐额，残月光沈树杪。梦断锦闱空悄悄。强起愁眉小。”这首词的前半阕，不在夏竦《喜迁莺》之下。这首词见于《乐府雅词》。选入《历代诗余》。

【四十二】

宋《李希声诗话》曰："唐人作诗正以风调高古为主，虽意远语疏皆为佳作。后人有切近的当、气格凡下者，终使人可憎。"余谓北宋词亦不妨疏远。若梅溪以降，正所谓"切近的当、气格凡下"者也。

译文

宋代《李希声诗话》说："唐人作诗正是以风神格调高雅古朴为主，虽然意旨淡远辞语疏散也都是优秀作品。后代诗人的作品有的情趣低下，气格鄙俗，总使人感到面目可憎。"我认为北宋词也不妨淡远疏散。至于史达祖以后的词人，正属于"情趣低下，气格鄙俗"这一种。

【四十三】

毛西河《词话》谓：赵德麟令畤作《商调鼓子词》谱西厢传奇，为杂剧之祖。然《乐府雅词》卷首所载秦少游、晁补之、郑彦能(名仅)《调笑转踏》，首有致语，末有放队，每调之前有口号诗，甚似曲本体例。无名氏《九张机》亦然。至董颖《道宫薄媚》大曲咏西子事，凡十只曲，皆平仄通押，则竟是套曲。此可与《弦索西厢》同为曲家之荜路。曾氏置诸《雅词》卷首，所以别之于词也。颖字仲达，绍兴初人，从汪彦章、徐师川游，彦章为作《字说》。见《书录解题》。

【四十四】

宋人遇令节、朝贺、宴会、落成等事，有“致语”一种。宋子京、欧阳永叔、苏子瞻、陈后山、文宋瑞集中皆有之。《啸余谱》列之于词曲之间。其式：先“教坊致语”（四六文），次“口号”（诗），次“勾合曲”（四六文），次“勾小儿队”（四六文），次“队名”（诗二句），次“问小儿”、“小儿致语”，次“勾杂剧”（皆四六文），次“放队”（或诗或四六文）。若有女弟子队，则勾女弟子队如前。其所歌之词曲与所演之剧，则自伶人定之。少游、补之之《调笑》乃并为之作词。元人杂剧乃以曲代之，曲中楔子、科白、上下场诗，犹是致语、口号、勾队、放队之遗也。此程明善《啸余谱》所以列致语于词曲之间者也。

【四十五】

自竹垞痛贬《草堂诗余》而推《绝妙好词》，后人群附和之。不知《草堂》虽有亵诨之作，然佳词恒得十之六七。《绝妙好词》则除张、范、辛、刘诸家外，十之八九皆极无聊赖之词。甚矣，人之贵耳贱目也。

译文

自从朱彝尊痛贬《草堂诗余》而推崇《绝妙好词》，后人群起附和他的意见。岂不知《草堂诗余》虽然有淫秽滑稽的作品，然而优秀作品总占十分之六七。《绝妙好词》却除去张孝祥、范成大、辛弃疾和刘过诸家之外，十分之八九的词都极其无聊。有的人毫无主见、人云亦云，真是达到极点了。

【四十六】

明顾梧芳刻《尊前集》二卷，自为之引。并云：明嘉禾顾梧芳编次。毛子晋刻《词苑英华》疑为梧芳所辑。朱竹垞跋称：吴下得吴宽手钞本，取顾本勘之，靡有不同，因定为宋初人编辑。《提要》两存其说。按《古今词话》云：“赵崇祚《花间集》载温飞卿《菩萨蛮》甚多，合之吕鹏《尊前集》不下二十阕。”今考顾刻所载飞卿《菩萨蛮》五首，除“咏泪”一首外，皆《花间》所有，知顾刻虽非自编，亦非复吕鹏所编之旧矣。《提要》又云：“张炎《乐府指迷》虽云唐人有《尊前》《花间集》，然《乐府指迷》真出张炎与否，盖未可定。陈直斋《书录解题》‘歌词类’以《花间集》为首，注曰：此近世倚声填词之祖，而无《尊前集》之名。不应张炎见之而陈振孙不见。”然《书录解题》“阳春录”条下引高邮崔公度语曰：“《尊前》《花间》往往谬其姓氏。”公度元(按：原误作“公”)祐间人，《宋史》有传。则北宋固有此书，不过直斋未见耳。又案：黄升《花庵词选》李白《清平乐》下注云：“翰林应制”。又云：“案：唐吕鹏《遏云集》载应制词四首，以后二首无清逸气韵，疑非太白所作”云云。今《尊前集》所载太白《清平乐》有五首，岂《尊前集》一名《遏云集》，而四首五首之不同，乃花庵所见之本略异欤？又，欧阳炯《花间集序》谓：“明皇朝有李太白应制《清平乐》四首。”则唐末时只有四首，岂末一首为梧芳所羼入，非吕鹏之旧欤？

【四十七】

《提要》载“《古今词话》六卷，国朝沈雄纂。雄字偶僧，吴江人。是编所述上起于唐，下迄康熙中年。”然维见明嘉靖前白口本《笺注草堂诗余》林外《洞仙歌》下引《古今词话》云：“此词乃近时林外题于吴江垂虹亭。”(明刻《类编草堂诗余》亦同)案：升庵《词品》云：“林外字岂尘，有《洞仙歌》书于垂虹亭畔。作道装，不告姓名，饮醉而去。人疑为吕洞宾。传入宫中。孝宗笑曰：‘“云崖洞天无锁”，“锁”与“老”叶韵，则“锁”音“扫”，乃闽音也。’侦问之，果闽人林外也。”(《齐东野语》所载亦略同。)则《古今词话》宋时固有此书。岂雄窃此书而复益以近代事欤？又，《季沧苇书目》载《古今词话》十卷，而沈雄所纂只六卷，益证其非一书矣。

【四十八】

"君王枉把平陈业，换得雷塘数亩田"，政治家之言也。"长陵亦是闲邱陇，异日谁知与仲多"，诗人之言也。政治家之眼，域于一人一事。诗人之眼，则通古今而观之。词人观物，须用诗人之眼，不可用政治家之眼。故感事、怀古等作，当与寿词同为词家所禁也。

译文

"君王枉把平陈业，换得雷塘数亩田"。这是政治家的语言。"长陵亦是闲邱陇，异日谁知与仲多"。这是诗人的语言。政治家的眼光，局限于一人一事。诗人的眼光，则通古今而观之。词人观察事物，必须用诗人的眼光，不能用政治家的眼光。所以，感事、怀古等作品，应当和寿词一样，都是词人不应写作的。

【四十九】

宋人小说多不足信。如《雪舟脞语》谓：台州知府唐仲友眷官伎严蕊奴。朱晦庵系治之。及晦庵移去，提刑岳霖行部至台，蕊乞自便。岳问曰：去将安归？蕊赋《卜算子》词云："住也如何住"云云。案：此词系仲友戚高宣教作，使蕊歌以侑觞者，见朱子《纠唐仲友奏牍》。则《齐东野语》所纪朱、唐公案，恐亦未可信也。

【五十】

唐五代之词，有句而无篇。南宋名家之词，有篇而无句。有篇有句，惟李后主降宋后之作，及永叔、子瞻、少游、美成、稼轩数人而已。

译文

唐五代词，虽然有警句，却没有全篇结构细密的作品。南宋名家词，虽然有全篇结构细密的作品却没有警句。既全篇结构细密又警句超拔，只有李后主降宋以后的作品，以及欧阳修、苏轼、秦观、周邦彦和辛弃疾这几位词人的作品。

【五十一】

唐五代北宋之词家，倡优也。南宋后之词家，俗子也。二者其失相等。然词人之词，宁失之倡优而不失之俗子。以俗子之可厌，较倡优为甚故也。

译文

唐五代北宋的词人，是娼妓优伶。南宋以后的词人，是凡夫俗子。二者的过失大体相等。然而词人之词，宁肯失之娼妓优伶，也不失之凡夫俗子。这是因为凡夫俗子比娼妓优伶更加令人生厌。

【五十二】

《蝶恋花》(独倚危楼)一阕，见《六一词》，亦见《乐章集》。余谓：屯田轻薄子，只能道“奶奶兰心蕙性”耳。“衣带渐宽终不悔，为伊消得人憔悴”，此等语固非欧公不能道也。

译文

《蝶恋花》(独倚危楼)这首词，既见于欧阳修的《六一词》，又见于柳永的《乐章集》。我认为：柳永不过是轻薄浪子，只能说出“奶奶兰心蕙性”这种话。“衣带渐宽终不悔，为伊消得人憔悴”，这种话不是欧阳修就一定说不出来。

【五十三】

读《会真记》者，恶张生之薄幸而恕其奸非。读《水浒传》者，恕宋江之横暴而责其深险。此人人之所同也。故艳词可作，惟万不可作儇薄语。龚定庵诗云："偶赋凌云偶倦飞，偶然闲慕遂初衣。偶逢锦瑟佳人问，便说寻春为汝归。"其人之凉薄无行，跃然纸墨间。余辈读耆卿、伯可词，亦有此感。视永叔、希文小词何如耶？

译文

读《莺莺传》的人，厌恶张生的轻薄无情而宽恕他的非礼之行。读《水浒传》的人，宽恕宋江的横行残暴而责难他的虚伪机诈。这是人们共同的态度。所以，艳词可以作，只是万万不可作轻薄的言辞。龚自珍诗说："偶赋凌云偶倦飞，偶然闲慕遂初衣。偶逢锦瑟佳人问，便说寻春为汝归。"这个人的轻薄无行，跃然纸上。我们读柳永、康与之词也有这种感觉。如果和欧阳修、范仲淹的小词加以比较，又感觉如何呢？

【五十四】

词人之忠实，不独对人事宜然。即对一草一木，亦须有忠实之意，否则所谓游词也。

译文

词人不仅对人事应该忠实，即使对一草一木也必须有忠实之意，否则便是所谓游词。

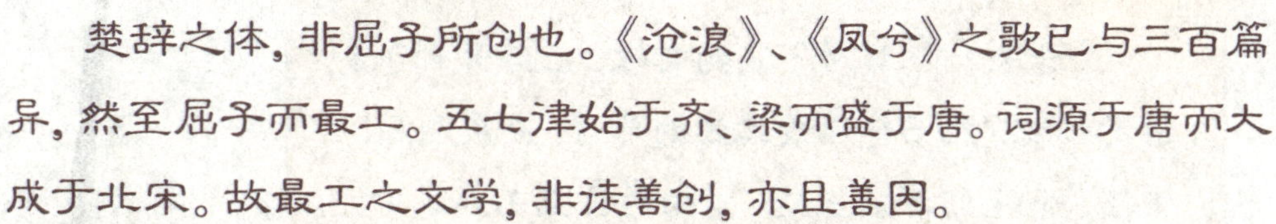

【五十五】

楚辞之体，非屈子所创也。《沧浪》、《凤兮》之歌已与三百篇异，然至屈子而最工。五七律始于齐、梁而盛于唐。词源于唐而大成于北宋。故最工之文学，非徒善创，亦且善因。

译文

楚辞这种体裁并非屈原所首创，《沧浪》、《凤兮》这两首歌已经和《诗经》不同，然而到屈原才最工致。五言七言律诗起源于齐、梁而大盛于唐代。词起源于唐而大成于北宋。所以，最工致的文学，不但要勇于创新，而且要善于继承。

【五十六】

《沧浪》、《凤兮》二歌，已开楚辞体格。然楚辞之最工者，推屈原、宋玉，而后此王褒、刘向之词不与焉。五古之最工者，实推阮嗣宗、左太冲、郭景纯、陶渊明，而前此曹、刘，后此陈子昂、李太白不与焉。词之最工者，实推后主、正中、永叔、少游、美成，而前此温、韦，后此姜、吴，皆不与焉。

译文

《沧浪》、《凤兮》这两首歌，已经开创了楚辞的体格，然而楚辞最工致的作者，应属屈原、宋玉，而他们之后王褒、刘向的作品不在其中。五言古诗最工致的作者，应属阮籍、左思、郭璞、陶潜，而他们之前的曹植、刘祯，他们之后的陈子昂、李白不在其中。词最工致的作者，应属李后主、冯延巳、欧阳修、秦观、周邦彦，而他们之前的温庭筠、韦庄，他们之后的姜夔、吴文英，都不在其中。

【五十七】

读《花间》、《尊前集》，令人回想徐陵《玉台新咏》。读《草堂诗余》，令人回想韦縠《才调集》。读朱竹垞《词综》，张皋文、董子远(按："子远"原误作"晋卿")《词选》，令人回想沈德潜《三朝诗别裁集》。

【五十八】

明季国初诸老之论词，大似袁简斋之论诗，其失也纤小而轻薄。竹垞以降之论词者，大似沈归愚，其失也，枯槁而庸陋。

译文

明末清初诸位老先生论词，非常像袁枚论诗，其弊病在于琐碎而又轻薄。朱彝尊之后的词论家，非常像沈德潜，其弊病在于枯燥而又平庸。

【五十九】

东坡之旷在神，白石之旷在貌。白石如王衍口不言阿堵物，而暗中为营三窟之计，此其所以可鄙也。

译文

苏轼的旷达在于精神，姜夔的旷达在于外表。姜夔就像王衍一样，嘴里不说钱这个字，似乎很清高，然而暗中却费尽心机经营谋划，这就是他令人感到鄙俗的原因。

【六十】

“纷吾既有此内美兮，又重之以修能”。文学之事，于此二者不可缺一。然词乃抒情之作，故尤重内美。无内美而但有修能，则白石耳。

译文

“纷吾既有此内美兮，又重之以修能。”文学创作，这二者缺一不可。然而词乃是抒情作品，所以尤其重视内美。没有内美而只有修能，姜夔就是如此。

【六十一】

诗人视一切外物，皆游戏之材料也。然其游戏，则以热心为之。故诙谐与严重二性质，亦不可缺一也。

译文

诗人把一切外物都看成游戏的材料。然而这种游戏却必须诚心诚意地进行。所以，诙谐和郑重这两种态度也不可缺一。

【六十二】

金朗甫作《词选后序》，分词为“淫词”、“鄙词”、“游词”三种。词之弊尽是矣。五代北宋之词，其失也淫。辛、刘之词，其失也鄙。姜、张之词，其失也游。

译文

金应珪作《词选后序》，把词分为“淫词”、“鄙词”、“游词”三种。词的弊病可以说包罗无遗。五代北宋词，其弊病在于淫。辛弃疾、刘过词，其弊病在于鄙。姜夔、张炎词，其弊病在于游。

人间词话附录

人间词甲稿序*

王君静安将刊其所为《人间词》，诒书告余曰："知我词者莫如子，叙之亦莫如子宜。"余与君处十年矣，比年以来，君颇以词自娱。余虽不能词，然喜读词。每夜漏始下，一灯荧然，玩古人之作，未尝不与君共。君成一阕，易一字，未尝不以讯余。既而暌离，苟有所作，未尝不邮以示余也。然则余于君之词，又乌可以无言乎？夫自南宋以后，斯道之不振久矣！元、明及国初诸老，非无警句也。然不免乎局促者，气困于雕琢也。嘉、道以后之词，非不谐美也。然无救于浅薄者，意竭于摹拟也。君之于词，于五代喜李后主、冯正中，于北宋喜永叔、子瞻、少游、美成，于南宋除稼轩、白石外，所嗜盖鲜矣。尤痛诋梦窗、玉田。谓梦窗砌字，玉田垒句。一雕琢，一敷衍。其病不同，而同归于浅薄。六百年来词之不振，实自此始。其持论如此。及读君自所为词，则诚往复幽咽，动摇人心。快而沉，直而能曲。不屑屑于言词之末，而名句间出，殆往往度越前人。至其言近而指远，意决而辞婉，自永叔以后，殆未有工如君者也。君始为词时亦不自意其至此，而卒至此者，天也，非人之所能为也。若夫观物之微，讬兴之深，则又君诗词之特色。求之古代作者，罕有伦比。呜呼！不胜古人不足以与古人并，君其知之矣。世有疑余言者乎，则何不取古人之词与君词比类而观之也？光绪丙午三月，山阴樊志厚叙。

注释<<<

*写于1906年。虽署名樊志厚，实出王国维手笔。

人间词乙稿序*

去岁夏，王君静安集其所为词，得六十余阕，名曰《人间词甲稿》，余既叙而行之矣。今冬，复汇所作词为《乙稿》，丐余为之叙。余其敢辞。乃称曰：文学之事，其内足以摅己而外足以感人者，意与境二者而已。上焉者意与境浑，其次或以境胜，或以意胜。苟缺其一，不足以言文学。原夫文学之所以有意境者，以其能观也。出于观我者，意余于境。而出于观物者，境多于意。然非物无以见我，而观我之时，又自有我在。故二者常互相错综，能有所偏重，而不能有所偏废也。文学之工不工，亦视其意境之有无与其深浅而已。自夫人不能观古人之所观而徒学古人之所作，于是始有伪文学。学者便之，相尚以辞，相习以模拟，遂不复知意境之为何物，岂不悲哉！苟持此以观古今人之词，则其得失，可得而言焉。温、韦之精艳，所以不如正中者，意境有深浅也。珠玉所以逊六一，小山所以愧淮海者，意境异也。美成晚出，始以辞采擅长，然终不失为北宋人之词者，有意境也。南宋词人之有意境者，惟一稼轩，然亦若不欲以意境胜。白石之词，气体雅健耳。至于意境，则去北宋人远甚。及梦窗、玉田出，并不求诸气体，而惟文字之是务，于是词之道熄矣。自元迄明，益以不振。至于国朝，而纳兰侍卫以天赋天才，崛起于方兴之族。其所为词悲凉顽艳，独有得于意境之深，可谓豪杰之士奋乎百世之下者矣。同时朱、陈，既非劲敌；后世项、蒋，尤难鼎足。至乾、嘉以降，审乎体格韵律之间者愈微，而意味之溢于字句之表者愈浅。岂非拘泥文字，而不求诸意境之失欤？抑观我观物之事自有天在，固难期诸流俗欤？余与静安，均夙持此论。静安之为词，真能以意境胜。夫古今人词之以意胜者，莫若欧阳公。以境胜者，莫若秦少游。至意境两浑，则惟太白、后主、正中数人足以当之。静安之词，大抵意深于欧，而境次于秦。至其合作，如《甲稿》、《浣溪沙》之"天末同云"、《蝶恋花》之"昨夜梦中"、《乙稿》、《蝶恋花》之"百尺朱楼"等阕，皆意境两忘，物我一体。高蹈乎八荒之表，而抗心乎千秋之间。骎骎乎两汉之疆域，广于三代，贞观之政治，隆于武德矣。方之侍卫，岂徒伯仲。此固君所得于天者独深，抑岂非致力于意境之效也。至君词之体裁，亦与五代北宋为近。然君词之所以为五代北宋之词者，以其有意境在。若以其体裁故，而至遽指为五代北宋，此又君之不任受。固当与梦窗、玉田之徒，专事摹拟者，同类而笑之也。光绪三十三年十月，山阴樊志厚叙。

注释<<<

*写于1907年，也出于王国维手笔。

清真先生遗事（节录）*

【一】

先生于诗文无所不工，然尚未尽脱古人蹊径。平生著述，自以乐府为第一。词人甲乙，宋人早有定论。惟张叔夏病其意趣不高远。然北宋人如欧、苏、秦、黄，高则高矣，至精工博大，殊不逮先生。故以宋词比唐诗，则东坡似太白，欧、秦似摩诘，耆卿似乐天，方回、叔原则大历十子之流。南宋惟一稼轩可比昌黎。而词中老杜，则非先生不可。昔人以耆卿比少陵，犹为未当也。

【二】

先生之词，陈直斋谓其多用唐人诗句檃栝入律，浑然天成，张玉田谓其善于融化诗句，然此不过一端。不如强焕云："模写物态，曲尽其妙"为知言也。

注释<<<

*写于1910年。周邦彦，字美成，晚号清真居士。北宋词人。

【三】

山谷云："天下清景，不择贤愚而与之，然吾特疑端为我辈设。"诚哉是言！抑岂独清景而已，一切境界，无不为诗人设。世无诗人，即无此种境界。夫境界之呈于吾心而见于外物者，皆须臾之物。惟诗人能以此须臾之物，镌诸不朽之文字，使读者自得之。遂觉诗人之言，字字为我心中所欲言，而又非我之所能自言，此大诗人之秘妙也。境界有二：有诗人之境界，有常人之境界。诗人之境界，惟诗人能感之而能写之，故读其诗者，亦高举远慕，有遗世之意。而亦有得有不得，且得之者亦各有深浅焉。若夫悲欢离合、羁旅行役之感，常人皆能感之，而惟诗人能写之。故其入于人者至深，而行于世也尤广。先生之词，属于第二种为多。故宋时别本之多，他无与匹。又和者三家，注者二家(强焕本亦有注，见毛跋)。自士大夫以至妇人女子，莫不知有清真，而种种无稽之言，亦由此以起。然非入人之深，乌能如是耶？

【四】

楼忠简谓先生妙解音律。惟王晦叔《碧鸡漫志》谓："江南某氏者，解音律，时时度曲。周美成与有瓜葛。每得一解，即为制词。故周集中多新声。"则集中新曲，非尽自度。然顾曲名堂，不能自已，固非不知音者。故先生之词，文字之外，须兼味其音律。惟词中所注宫调，不出教坊十八调之外，则其音非大晟乐府之新声，而为隋唐以来之燕乐，固可知也。今其声虽亡，读其词者，犹觉拗怒之中，自饶和婉。曼声促节，繁会相宣，清浊抑扬，辘轳交往。两宋之间，一人而已。

【五】

伪词最多。强焕本所增强半皆是。如《片玉词》上《青玉案》(良夜灯光簇如豆)一阕，乃改山谷《忆帝京》词为之者，决非先生作。

《唐五代二十一家词辑》跋*

【一】

(皇甫松词)黄叔旸称其《摘得新》二首为有达观之见。余谓不若《忆江南》二阕，情味深长， 在乐天、梦得上也。

【二】

端己词情深语秀，虽规模不及后主、正中，要在飞卿之上，观昔人颜、谢优劣论可知矣。

【三】

(毛文锡)词比牛、薛诸人，殊为不及。叶梦得谓:“文锡词以质直为情致，殊不知流于率露。诸人评庸陋词者，必曰:此仿毛文锡之《赞成功》而不及者。”其言是也。

【四】

(魏承班)词逊于薛昭蕴、牛峤而高于毛文锡，然皆不如王衍。五代词以帝王为最工，岂不以无意于求工欤?

注释<<<

*写于1908年。

【五】

(顾)敻词在牛给事、毛司徒间。《浣溪沙》(春色迷人)一阕，亦见《阳春录》。与《河传》《诉衷情》数阕，当为敻最佳之作矣。

【六】

周密《齐东野语》称其词(按：指毛熙震词)"新警而不为儇薄。"余尤爱其《后庭花》，不独意胜，即以调论，亦有隽上清越之致，视文锡蔑如也。

【七】

(阎选)词帷《临江仙》第二首有轩翥之意，余尚未足与于作者也。

【八】

昔沈文悫深赏(张)泌"绿杨花扑一溪烟"为晚唐名句。然其词如"露浓香泛小庭花"，较前语似更幽艳也。

【九】

(孙光宪词)昔黄玉林赏其"一庭花雨湿春愁"为古今佳句。余以为不若"片帆烟际闪孤光"尤有境界也。

《词辨》批语

【一】

温飞卿《菩萨蛮》"雨后却斜阳，杏花零落香"。少游之"雨余芳草斜阳，杏花零落燕泥香"虽自此脱胎，而实有出蓝之妙。

【二】

白石尚有骨，玉田则一乞人耳。

【三】

美成词多作态，故不是大家气象。若同叔、永叔虽不作态，而"一笑百媚生"矣。此天才与人力之别也。

【四】

周介存谓："白石以诗法入词，门径浅狭，如孙过庭书，但便后人模仿。"予谓近人所以崇拜玉田，亦由于此。

【五】

予于词，五代喜李后主、冯正中而不喜《花间》。宋喜同叔、永叔、子瞻、少游而不喜美成。南宋只爱稼轩一人，而最恶梦窗、玉田。介存《词辨》所选词，颇多不当人意，而其论词则多独到之语。始知天下固有具眼人，非予一人之私见也。

论词语辑录

【一】*

（《云谣集杂曲子》）《天仙子》词，特深峭隐秀，堪与飞卿、端己抗行。

【二】**

欧公《蝶恋花》“面旋落花”云云，字字沈响，殊不可及。

【三】***

有明一代，乐府道衰。《写情》《扣舷》，尚有宋元遗响。仁、宣以后，兹事几绝。独文愍（夏言）以魁硕之才，起而振之。豪壮典丽，与于湖、剑南为近。

注释<<<

*录自《观堂集林·唐写本〈云谣集杂曲子〉跋》。

**录自王国 维旧藏《六一词》眉间批语。

***录自《庚辛之间读书记·桂翁词》。

【四】*

疆村(朱祖谋)词，余最赏其《浣溪沙》(独鸟冲波去意闲)二阕，笔力峭拔，非他词可能过之。

【五】

蕙风（况周颐）听歌诸作，自以《满路花》为最佳。至《题香南雅集图》诸词，殊觉泛泛，无一言道著。

【六】**

蕙风词小令似叔原，长调亦在清真、梅溪间，而沈痛过之。疆村虽富丽精工，犹逊其真挚也。天以百凶成就一词人，果何为哉!

【七】

蕙风《洞仙歌》(秋日游某氏园)及《苏武慢》(寒夜闻角)二阕，境似清真，集中他作，不能过之。

注释<<<

*此条和下条摘自赵万里《丙寅日记》所记王国维论学语。

**此条和下条录自王国维《蕙风琴趣》评语。

癸亥四月倣黄隺山樵